江

波

著

人民文学出版社
PEOPLE'S LITERATURE PUBLISHING HOUSE

图书在版编目（CIP）数据

地球的翅膀 / 江波著. —— 北京：人民文学出版社，
2023

ISBN 978-7-02-018096-7

Ⅰ.①地… Ⅱ.①江… Ⅲ.①幻想小说 – 小说集 – 中
国 – 当代 Ⅳ.①I247.7

中国版本图书馆CIP数据核字(2023)第125991号

责任编辑　李　娜　　李　殷
装帧设计　汪佳诗

出版发行　人民文学出版社
社　　址　北京市朝内大街166号
邮政编码　100705

印　　制　山东新华印务有限公司
经　　销　全国新华书店等

字　　数　80千字
开　　本　787毫米×1092毫米　1/32
印　　张　5.875
版　　次　2023年8月北京第1版
印　　次　2023年8月第1次印刷

书　　号　978-7-02-018096-7
定　　价　58.00元

如有印装质量问题，请与本社图书销售中心调换。电话：010-65233595

目　录

——地球的翅膀——

"该你了，晓宇！"麦克斯回过头来，微微一笑。

江晓宇并没有动。

麦克斯不以为意。"那我们来点更刺激的，不能让你白来一趟。"

"在地面上，你跳出去，想跳三个台阶，结果落在第二台阶上，最多也就是被嘲笑；在这里，可就是生死问题，你得跳得准，不然的话，落点不对，你就会在玻璃膜上捅出一个窟窿来。

"别看这膜看上去好像很软，像你的席梦思床一样，它很脆，也很硬，窟窿的碎片会把你的宇航服扎出无数的洞，你的氧气会眨眼间跑得干干净净，然后你就嗝屁了。死得很难看，眼珠子都会爆出来。我敢担保你不会喜欢那样的死相。所以，看好我的示范。"

麦克斯一边说一边解开救生绳，他弓起身子，然后猛地一蹬站台。

江晓宇感觉到脚下一阵震荡，晃荡了几秒才重新稳定下来。麦克斯跳出的后坐力引起了悬浮平台的细微漂移，无处不在的姿态控制模块很快找回了平衡。

麦克斯笔直地向前飞去。在一个无重力的世界里，飞行如此简单，一点小小的助推，就可以让人飞个不停。当然这样的飞行也很危险，如果不事先盘算好，就会有去无回。这是一个天体的世界，要按照天体的规矩来。

江晓宇紧张地盯着麦克斯。

麦克斯并没有使用救生绳，如果他不能准确地对准目标，就会完全失落在太空里。然而从他的飞行轨迹看，他很可能从下一个悬浮平台的边缘掠过。江晓宇的心几乎提到了嗓子眼。

麦克斯靠近了平台。悬浮平台伸展出两条粗大的支撑臂，那正是麦克斯的目标。就在即将掠过支撑臂的一刹那，麦克斯伸手抓住了它。悬臂平台摇摆两下，很快恢复了平静。

麦克斯落在台上，将救生绳扣上。

"来试一试。你要先扣着救生绳。"麦克斯的声音从耳机里传来。

江晓宇拉了拉救生绳，确定它牢牢地捆绑在平台上。

然而，这实在太危险了，并没有必要。

"这不符合规范……"江晓宇迟疑着。

"到了太空里，一切都要听我的。"麦克斯打断他，"我们不是说好的吗？这第一个挑战就怕了？"

江晓宇深吸一口气，然后弓下身子，模仿着麦克斯的姿态。

一，二，三！他给自己鼓劲，然后奋力一蹬。

他果然飞了起来。

"笨蛋，角度不对！"麦克斯大声奚落。

不需要麦克斯指出这个显而易见的事实，江晓宇自己就能感觉出来。

他正斜斜地向上飞。

巨大的膜平台正显露出全貌，它像是一片无边无际的平原，向前向后向着任意方向无穷无尽地伸展，最后在遥远的天宇上和星空融为一体。

膜闪着霓虹般的色彩。江晓宇仿佛跨过一道又一道的七彩霓虹，依稀间，能看见自己的影子映在霓虹里。

一时间，他看得出神，几乎忘了自己正向着外太空飞去。

一阵猛烈的拉拽将他从恍惚中拉了回来。救生绳被拉到了最大长度。

"笨蛋，快点火，你得控制飞行。"麦克斯显然急了，声调也大了几分。

江晓宇深吸一口气，让自己冷静下来。

他仔细观察眼下的形势。

自己的确处在一个危险的境地里，拉长到尽头的救生绳并没有完全吸收自己的动能，而是将它转化成了角速度。此刻自己就像一个摆锤，正向着那无穷无尽的膜平面砸下去。

真这样砸下去，膜平面会被严重损毁，更有可能危及宇航员的生命。在学院的模拟实验室里，他从未出过这样的差错，然而第一次膜上行走，就出了这么严重的失误。

江晓宇感到自己真的是个十足的书呆子，到了现场，就笨手笨脚。

还好冲向膜平面的速度并不快。

"操作手册第五条！"麦克斯喊道。

江晓宇一板一眼地按照培训课上的应急方案操作。很快，他止住了向着膜平面的冲劲，悬浮在距离平面大约十五米的位置上。

好险！

"好小子，还真有你的，不愧是高才生。"麦克斯夸奖他，"怎么样，是不是很刺激？转过来，我给你来一张纪念照。"

江晓宇扭过头去，面向着麦克斯。

麦克斯稳稳地站立在悬浮平台上，一手举着手机，一手挥动，示意江晓宇摆出姿势。

麦克斯就像地球上任何一个景点的游客一样兴致勃勃。

江晓宇笑了笑，正想摆出 V 字手势，却听见了麦克斯的惊呼："我的天啊，你身后是个什么鬼！"

江晓宇正想回身去看，某个东西已经悄无声息地从头顶掠过。

江晓宇心中一惊，抬头看去，只见一个庞然巨物，闪着浅灰色的金属光泽，就像一艘航天母舰。足足十五秒钟，它才完全从江晓宇头顶飞过，向着前方而去，很快消失在星空背景中，踪影全无。

"它消失了！你看见了吗，这是魔术吗？"麦克斯仿佛在自言自语，兀自向着不速之客消失的方向张望。

"它还在那里。"江晓宇回答，"它遮住了几颗星星。"从他的角度望过去，一望无际的太阳膜闪闪发光，在那光的原野之上，星空闪烁。璀璨的星空背景上有一块纯粹的黑色，一颗星星也没有，正是被不速之客挡住的区域。黑色区域不断缩小——那

不速之客正快速远离。

江晓宇用最快的速度调整喷气口，向上升起，尽可能地远离膜平面。

果然，在膜平面耀眼的背景下，消失的飞行物现出了原形，它一片纯黑，轮廓有些像一枚粗短的火箭，或许更像一只收拢四肢的青蛙。

它正向前快速飞行，在它的轨迹前方，膜和天宇交接的地方，一丝蓝色悄悄露头。

那是地球。

近地轨道发现不明飞行物。

这个消息在两个小时内被各种各样的媒体转载，引起全球轰动。

国家航天部的一号会议室中，这来历不明的飞行物正被投影在屏幕中央。

"谁能确定地告诉我一句，是外星人吗？"局长站在巨大的屏幕前，盯着那黑沉沉的影像，满脸严肃地问。

周围鸦雀无声。

"局长，很多媒体都报告是外星人。"局长助理站出来圆场。

"NASA 的看法呢？"

"他们还没有发布最新报告,上一份报告认为,这个不明飞行物来自地球外的可能性很大,这和我们的看法是一致的。"首席科学家李甲利发言。

局长转身,走到了会议桌前,伸手示意,"大家坐,坐下来开会。"

场上的气氛顿时一缓,局长坐下,大家依照职级依次落座。

凌晨三点被召集起来开会,这是破天荒头一遭。

局长环视会场,"我知道大家都很辛苦,但是半个小时前,我刚从中南海出来。主席给我的任务,是在两个小时内提交一份报告。这是一场太空竞赛,诸位要明白其中的分量。"

李甲利咽下一口唾液。

他今年五十八岁,在航天局首席科学家这个位置上坐了八个年头。外星人,虽然理论上并不能否认它存在的可能性,但毕竟太过于缥缈了。所以在他的主导下,航天局的资源都投入到近地轨道探索,那些申报的深空项目,不要说木卫二,土卫三,柯伊伯带探索项目,就连火星项目都被砍得只剩下六分之一。反对的意见很大,然而都被他以天电站的重点项目建设必须全力保障为理由压了下去。

天电站能带来切实的收益,其他的项目,尤其是那些深空探索，都是烧钱赚吆喝，过几百年再去也不迟。

"外星人，也许几百年以后有可能，我们这辈子是看不到的。"他总是这么说。

现实却和他开了一个巨大的玩笑。

一艘外星飞船静悄悄地来了，就在地球轨道上绕行。那的确是一艘外星飞船，绝对没错。

"刘局长，所有能动的望远镜都指向它了。两个小时内，我们会提交一份翔实的报告。"李甲利向局长报告。

"翔实，详细到什么程度？能不能比过NASA？主席晚上十二点起来，和美国总统通过电话，一致同意共同探索。美国人的航天母舰正好在静止轨道上，他们去追这个东西了。望远镜，望远镜能比得过实地勘测吗？"

局长的话中隐约有些责备。全世界只有两艘航天母舰，都属于美国人。中国的航天母舰计划在十年前搁置，其中最重要的原因，就是和天电站建设之间的资源竞争。如果没有这次意外，凭着天电站产生的经济效益，搁置航天母舰无疑是个正确的决定。然而外星飞船来了，形势顿时变得不一样。

"我们会和NASA同步的，这些年我们合作得很好。"李甲利回答。

"那就抓紧时间。我十点半还要进一趟中南海，十点钟我要再听一次汇报。各部门都要支持李总的工作。李总，你十点半和我一起进中南海。现在散会。"

会议室内的人们悄然无声地散了。

"我的行走车发烫，快烧了！"麦克斯对着话机，几乎吼叫起来，"你把站长叫来！"

话机那头沉寂下去。

"官老爷就是官老爷。"麦克斯骂了一句。

"麦克斯，全速赶回总部。"站长的声音从耳机中传来。

"比尔，我的行走车子快烧了！"

"我会给你配一辆新的行走车，你要做的唯一一件事，就是在最短时间内赶回空间站，准备好回地球。"站长的声音很沉稳，也没有丝毫讨价还价的余地。

"比尔，空间站没有我们的返航飞船。"

"会有的，这方面你不用担心。我们已经协调好了，你会搭中国人的飞船回地面。"

"好，你做主！"麦克斯一边说着，一边猛然加大了行走车的油门。

江晓宇紧紧地抓住扶手，稳住身子。这种被称为行走车的交通工具就像一个橄榄球，仅有两个座舱，挤在里边感觉像是被装在罐头里。麦克斯操纵着它在膜平面上飞行，一道又一道黑色的坎从眼前快速掠过，那是膜上不同区块之间的隔断，虽然只是一道阴影，并不会对飞行造成影响，一闪一闪之间，江晓宇仿佛感到自己正坐在一辆极速赛车上，不断加速奔向前方。一阵阵眩晕感不断袭来。

他只能紧紧地抓住扶手，抓得如此紧，以至于身子都微微颤抖。

"抬头。"麦克斯突然说。

"什么？"江晓宇有些茫然。

"如果你感到晕，就抬头。"。

江晓宇抬头。

头顶是一片静谧的星空，灿烂的群星光华四射。

江晓宇精神一振，眩晕的感觉霎时舒缓了很多。

"看着远方的星星，会感觉好点。据说，每一颗星星上住着一个鬼，他们都看着你，这样会不会感觉舒服点，哈哈！"麦克斯仍旧嘻嘻哈哈，然而笑声却有些干巴巴，并不像平日里那么爽朗。麦克斯心里也一定很紧张！

行走车转过一个急弯，一股巨大的力量把江晓宇紧紧压在

舱壁上，巨大的加速度堪比火箭起飞。还好只是一个急弯而已，两秒就结束了。江晓宇缓过一口气，然而视线所及，又是一惊。

远方的天空里，现出了地球的身影，一半蔚蓝，一半浸没在黑暗中，点缀着金黄灿烂的灯火。在蔚蓝色半球的上方，一片纯白的风帆仿佛正迎风招展——地球之翼！那是已经完工的左翼，而他们正在施工中的右翼上方奔驰。

江晓宇张了张嘴，轻轻吐出一个啊字。

这轻轻的一声没有逃过麦克斯的耳朵。

"别大惊小怪的，不就是太阳帆嘛，难道你在录像里没见到过？"

录像里对这样的超级工程有详尽的介绍，江晓宇甚至还用虚拟现实的设备体验过在太空中观看地球之翼，然而无论什么样的录像和体验都比不上用自己的眼睛真正看见它。

它就像地球生长出的洁白翅膀，在无限空寂的宇宙映衬下，晶莹无瑕，美得让人心醉。

江晓宇微微发怔。

忽然间，他看见了另一些东西。

就在地球之翼的下方，有两个黑色的物体。

无论那是什么，在如此遥远的距离上仍旧能够被肉眼发现，一定是庞然大物。

江晓宇很快辨认出其中一个，正是他所见过的不速之客。它看上去更为细小，然而轮廓仍旧像只青蛙。

另一个物体只是一个小黑点，看不出是什么。

没等江晓宇想到什么，黑点便被巨大的钢架结构遮挡住。他们进入了一片基础结构区。

天宫七号出现在前方，它就像一个巨大的扁圆铁盒，伸展出八只长短不一，粗细各异的胳膊，在太空中缓缓旋转。

"坐稳了！"麦克斯大喊一声。

一刹那间，行走车被某种力量向下一拉。

江晓宇眼前一黑，什么也看不见。

"现在彻底安全了。"黑暗中传来麦克斯的声音。

李甲利等待着主席的接见，他的心情忐忑不安到了极点。

"挑最重要的第三点和第四点先说。"局长看了看他，轻声提醒。

李甲利点头，"我调整了资料顺序，大概用五分钟可以说明重点。"

说话间，会议室的大门打开，两名身穿黑色西服的工作人员上前，示意他们跟上。

他们走进了代表着国家最高层的会议室。

五个常委到了三个。

那些经常在电视上，手机上看见的面孔，此刻正端坐在巨大的方形办公桌后，略带焦虑地看着他。

不等他开口，居中的林主席挥了挥手，"李院士，我们不要客套了，抓紧时间，我们需要你的专家意见。"

李甲利打开手机，点亮了虚拟屏幕。一米见方的投影展示在三位首脑面前。

重点是第三点！

李甲利轻点屏幕，来自外太空的不速之客展露出它的模样。它不发光，看上去漆黑一团，只能看出一个大略的轮廓。

"目前最清晰的照片就是这样。它的表面材料吸收各种频段的电磁波，最强的反射率才千分之六，可见光频段上完全吸收。所以它基本上是隐形的，没有能够及早发现它的原因也就在此。

"但是它显然能够探测到地球上的强射电源，并有针对性地做出了反应，截至目前，全球共计六十五个卫星中继站都收到了类似的信号，直接指向这个不明飞行物。我们的太空通信也曾经受到干扰，汇总的报告显示它至少对超过十八颗通信卫星发射过电磁波，信号强烈，而且有一个共同特点，就是使用的频段和该卫星的频段相同。至少这是一个具有相当智能的飞行器。"

"它是敌意的，还是友好的？"邓书记发问。

"没有任何证据说明它的态度，"李甲利回答，"这无法从当前的情况进行判断。但是有一些情况可以作为参考。"

李甲利调整了屏幕，屏幕上显示出一条轨迹，一半红色，一半蓝色，绕成一个椭圆的圈，其中包裹着地球和地球两侧绵延两万公里的太阳电站。

"这是根据当前的情报收集绘制的飞行器线路。蓝色是它已经行进的路线，红色是预期路线。它目前在地球轨道上，距离地表六万公里。它进入地球轨道的时机利用了地球引力的加速效应，所以主要的航天机构都判断它会充分利用引力弹弓效应加速，但是对于它下一步的动静，各方有分歧，NASA的判断是，它将在最有利的A点位置脱离地球轨道，贴近地球之翼飞行，从能耗的角度，这条线路做出的机动调整极小，而且能够有效地同时探测地球和地球之翼。NASA认为，它将借助地球引力弹弓加速百分之三，然后向太阳方向出发，利用太阳的引力弹弓效应加速，横穿太阳系。"

屏幕上，太阳系的简图被展示出来，一条红色的线从地球擦过，直奔太阳，在太阳的周围走了一段小小的圆弧，转过大约三十度的角度，然后笔直地向着远离太阳的方向而去。

"那么，NASA 的结论是，它偶然经过地球，所以我们不需要做任何事？"邓书记又问。

"这是一个推测，我们对它没有任何深入了解，任何结论都有武断的成分。"李甲利深吸一口气，"但是我同意 NASA 的看法，它对地球进行一次探访，然后会直接离开，事实上我们对其他星球的探访都是这么做的。宇宙空间里，这是最有效率的做法。当然如果它的技术水准远远超过我们，那就又另当别论，我们也什么都推测不出来。"

三位常委彼此交换了眼神。

"其他的可能性呢？我们该怎么做？"邓书记问。

"其他的可能性只能等待它的下一步动作。我们向它发送电磁波进行联系。但到目前为止，它对我们发送的任何电磁波都置之不理。"

"凡事都要有两手准备。"林主席不紧不慢地开口了。

"我们的机动卫星都做好了准备，随时可以进行在轨打击，所有的拦截火箭部队也做好了防御准备，北京重要的政治军事部门都在周密保护下。已经和火箭军司令毕开元开过会，所有的部署六个小时内就完成了，外松内紧，一级戒备。"局长有条不紊地回答。

"很好。"林主席平淡地回了一句，看了看李总理和邓书记，"那么我就都说了！"

李总理和邓书记点头。

"我们有确切消息，美国人派他们的宙斯号去追那个外星飞船，我授权你们，调动一切资源，在美国人之前降落在它上面。或者，能够和它取得联系也可以。我会下达主席令来执行这个任务。"

李甲利心头一颤。宙斯号是美国人的在轨航天母舰，如果美国人真的派遣宙斯号去和外星飞船会合，他们就占据了绝大的优势。他飞快地盘算着各种可能性，然而茫无头绪。

"主席，我们会坚决完成任务。"局长坚定地回答。

林主席的目光向着李甲利扫来，"李院士呢？"

"我，"李甲利鼓起勇气，"我会尽全力寻找解决方案。但是主席，在科学上无法解决的问题，终究不能强求。"

林主席微微颔首，"你是首席科学家，你说了算。但是……"他的目光在局长和李甲利之间逡巡，"我们在这里要达成一致，外星人的目的我不知道，但美国人总有他们的目的。"他拖长语调，"如果他们派航天母舰去，我们至少也要派一架航天器去，无论是什么飞行器，美国人到的地方，我们也要到。我们为了建设地球之翼，投入了这么多资源，长征七零火箭都发射了多少？至少有上千次吧。找一个飞行器去会合外星飞船，应该不会太难吧。"

林主席话里有话，李甲利一阵惶然。这艘奇怪的外星飞船，速度是第三宇宙速度的两倍，靠近这样一个飞行物，需要精确的计算和周密的计划才行，仓促之间，哪里能有飞船可以去接近它。然而主席已经把话说到了这个份上，他没有任何退路。

"主席，我会拿出一个最佳方案。"李甲利硬着头皮说。

一刹那间，他的脑海中翻腾起各种可能性。

林主席再次扫视着两人，"谁也不知道这次意外会带来什么结果，但是我们要向最好的方向努力。外星人就算走了，这事也不会完。接下来就要看你们两位了。"

他的眼光落在李甲利身上，"李院士忙那里接一条热线，有

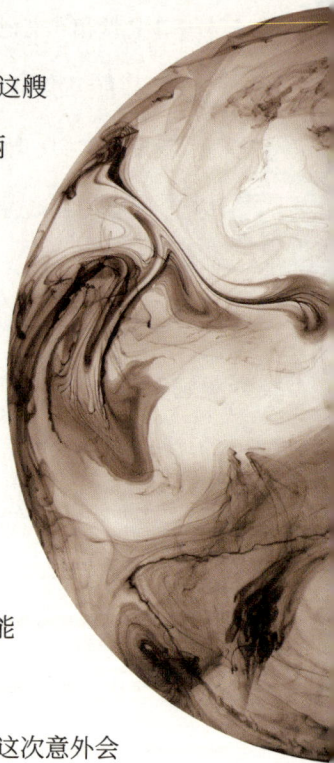

什么事直接找我。"

偌大的空间站里显得冷冷清清。

江晓宇在中央舱里穿行，却一个人也没有遇到。

这让人有些奇怪，一个月前，他来到天宫七号的时候，这中央舱里至少有来自六个国家的超过四十个宇航员在这里。他们似乎一夜之间消失了。

"麦克斯，这里一个人都没有，他们都去哪里了？"江晓宇停下来问。

"我怎么会知道，等我一会儿，我们可以问问高大力！"麦克斯的声音从耳机里传来，他显然带着几分光火，"妈的，卫星怎么这个时候坏掉，没法认证身份，我连洗澡间都进不去。"

江晓宇审视着中央舱的一切，这种感觉太奇特了，偌大的中央舱，仿佛就是为他一个人而存在。

他向前移动到舷窗前。

天宫七号无疑有着最好的景观舷窗，长达二十米的玻璃墙，中间没有任何隔断，在所有的太空城里首屈一指。往常，这景观舷窗前挤满了人，天空城的宇航员们频繁来往，凡是到了天宫七号的人，都会在这堵玻璃墙前流连，想要找个没人的时刻，简直比登天还难。

但此刻的确一个人都没有。

江晓宇扶着玻璃墙上透明的行走杆，脸几乎贴在了墙上。

世界变得分外安静，耳机中细微的沙沙声也清晰可闻。

他贪婪地透过玻璃墙向外看，那景致百看不厌。

蓝色的地球占据了几乎大半个视野，从这个角度望下去，正好是太平洋，整个地球一片蓝色。白色的云朵凝固着，仿佛是蓝色宝石上的丝丝纹路。大气层被渲染成淡淡的光晕，笼罩在地球外围，就像神圣的光笼罩大地。圣光向着漆黑一片的宇宙伸展，最后消失于黑暗中。不远的前方，一片白帆高悬在地球之上，那是白色的地球之翼，白亮得有些晃眼。

在亮得刺眼的白色中，他看见了那个小小的黑点。是的，就是它！那艘不知从何而来的飞船。一艘真正的外星飞船，几个小时前，它就从自己的头顶飞过。

江晓宇努力地凝视着那个小小的黑点，看上去，它正掠过地球之翼，向着地球下落。

究竟是什么样的生灵会在那艘飞船里边？他不禁问自己。

一旁突然传来轻微的嘶嘶声，打断了江晓宇的思绪。他扭头看去。

气密门正在打开，一个高个中年男子滑了进来。他的动作轻松舒展，就像一条游动的鱼。

"你是江晓宇吧！"来人热情地自我介绍，"我是天宫七号的站长高大力，欢迎你！萤火六号还有六个小时就可以进入脱离发射程序，你需要提前半小时登船。登船之前，你可以随意走动，大部分舱室你都可以去，我已经把你的权限都打开了。注意安全！"

高大力飞快地说了一气，顿了顿，"我和麦克斯是好朋友，我们还是同学。"

"晓宇，不要听这个混球胡说，我可不认他是同学，到现在连洗澡间都没有给我打开。"

高大力哈哈一笑。"现在是一级戒备，这可是规矩，忍忍吧，"说着，他拍了拍江晓宇的肩头，"有什么事，直接呼叫我就行了。这里没别的好处，但是景观不错，好好欣赏！"说完，他正要起身离开。

"高站长，为什么这里一个人都没有？"江晓宇抓住时机问。

"哦,"高大力点头,"我也很不习惯,还不是你们报告的那个东西搞的。"

"什么东西? 外星飞船?"江晓宇感到困惑。

"美国派宙斯号去追它,送了一条消息来,说按照合作惯例,可以带上任何有兴趣对它进行探测的合作国家宇航员。然后你就看到了,所有人都去了,只剩下我。如果我不是站长,我也会去。千载难逢啊!"

江晓宇不由得愣住,"去追外星飞船?"

"是啊,难道看什么天体还能让所有人这么激动? 他们可是抢着要去的,还好美国人的飞船大,再多人都能装下。"

"哈,美国,我伟大的祖国,终于雄起了。"麦克斯的声音传来,"总是被你们中国人抢在前面,都说中美友好,风头也该轮流来,对不对,哈哈!"

麦克斯似乎永远笑不够。

"我们能赶去吗?"江晓宇急切地问。

"当然不行,接人的飞船都已经离开六个小时了。航天母舰早就向着会合线路出发了,一生只有一次的机会,可惜啊!"高大力摇了摇头,忽然意识到什么,"不过你们两个最先发现那艘飞船,全世界都知道了,你们成了名人,也不错了!"他拍了拍江晓宇的肩，做出一个宽慰的姿态。

"通信一恢复，就通知你们上飞船。"高大力说着一纵身，像一条游鱼般掠过，没入气密门背后。

江晓宇却无论如何平静不下来。

远方，外星飞船只是一个小小的黑点，正向着地球的方向缓缓移动。茫茫太空中，有一艘载着各国宇航员的航天母舰，正追踪着它，准备在某个位置上和它会合。然后会怎么样？他们会看到什么？美国人会捕获那艘外星飞船吗？

"晓宇，通信恢复了！我们要准备降落。"麦克斯传来话。

"我也不想回去。"江晓宇低声回应。他的视线没有一刻从那个小小的黑点上挪开。

李甲利已经在办公室里枯坐了三个小时。

向下属布置完任务后，他就把自己关进了办公室。凭着多年的经验，他估计下属们不会提出什么好的计划。三十多年来，为了建设地球之翼天申站，宇航局在月球和天空城里制造了大量的运输工具，然而那些都是粗笨家伙，只能在既有的轨道上缓慢运行，可以用来运送大量物资，但要它们像航天飞机一样在太空里穿梭，简直就是要大象在浴缸里跳舞。和美国人的航天飞机相比，中国的载人飞船差距不是一星半点，虽然这种差距在军

事上可以被大量机动卫星平衡掉，但是要完成会合飞船这样的精细活，那就望尘莫及了。

让美国人去也挺好，太空中没有国界。

这个念头反复闪现，都被李甲利强行压了下去。虽然世界已经和平了许多，但远远没达到大同。竞争无处不在，太空也要占有先机，尤其是主席都把话说得这么明白了。

他强打精神，又开始翻看各种飞行器的参数，对照飞船轨迹，寻找可能的解决方案。

桌上的电话突然响了起来。

这是办公室的私人专线，很少有人知道号码。李甲利按下预览钮，电话上并没有浮现出人像，而是一行字，"天宫热线"。这是一个从外太空打来的电话！李甲利精神一振，正式接通电话。

"李老师！"扬声器里传来惊喜的声音，"冒昧打扰您，实在过意不去。我是江晓宇。"

"江晓宇？你不是放假了吗，怎么会到天宫去了？"李甲利确信那电话是从天宫打来的，航天局的线路不会出错。

"这个说来话长，我和一名美国宇航员一起对地球之翼进行检修……"

李甲利忽然回过神来，"是你们发现了那艘外星飞船？你们传回的照片？"

"是的，的确是我们发现的。"江晓宇回答。

李甲利微微有些惊异。自己心血来潮，年初接受了中国航空航天大学的邀请去教学一学期，带一个特别博士班。这个叫江晓宇的学生是班上成绩最好的之一，头脑灵活，志向远大，他很欣赏。他邀请江晓宇来航天部实习，不料却被婉拒了，说是不愿意在办公室里玩计算，而希望去真正的宇航基地待一段时间。无数人求也求不来的机会，江晓宇却主动放弃，这让他更好奇，于是给了江晓宇电话号码。

此刻，自己正为外星飞船而焦头烂额，江晓宇却从天宫打来电话，告诉自己正是他第一个发现了外星飞船。

这真像电视剧。

还是冥冥之中的天意？

他强迫自己平静，"晓宇，什么事？"

"还有几个小时，他们要求我降落回地球，但是我不想回去。我要留在天上等那艘飞船。李老师，您是著名的航天专家，也是宇航局举足轻重的人物，是不是能帮我说服他们让我再留两天？"

李甲利有些意外，"等那艘飞船？"

"是的，就在天宫七号等。"

"它的飞行轨迹显示很快就会脱离地球轨道，天宫七号不在它的线路上，而且越离越远，你想等什么？"

"但是我们不知道它究竟会做什么。看天宫七号的位置，它在两片地球之翼的中央，是一个巨大的柱体，体积超过六百万立方，还配有各种附属装置，和地球遥遥相对。如果我是外星人，我肯定会注意到它。但是那艘飞船根本没有接触天宫七号……"江晓宇的声音越来越激动，甚至有几分高亢。

李甲利果断地打断他，"你是说它会去拜访天宫七号？"

"我不知道，但是很有可能。如果它是冲着地球来的，它不该错过天宫七号。"面对李甲利的询问，江晓宇冷静下来，回答完毕之后便陷入沉默，等待着老师的下一个问题。

李甲利飞快地考虑着其中的合理性。

是的，天宫七号位置重要，连接着两片地球之翼，而且形体庞大，是一个显而易见的枢纽，远道而来的外星探测器不该错过它。

那么，外星飞行器现有的轨道迹象只是一个假象？

如果那艘飞行器虽然发现了天宫七号，然而不愿消耗动力去会合它呢？

所有的一切都取决于那艘外星飞船的能力和意愿，然而这恰恰是地球上所有的人类都不知道的事。

李甲利沉默片刻，"天宫七号上还有谁？"

"除了我和麦克斯，还有高站长。"

"只有你们三个？其他人呢？"

"他们都上了美国的航天母舰，去追外星飞船了。李老师，这可能是唯一一次机会，错过就不会再有，您帮我留在这里，就多两天！"

"让我考虑一下，我会尽量帮你的，我一会儿给天宫打电话。"李甲利说完挂断了电话。

他十指紧紧地绞在一起，两只胳膊支在办公桌上，眉头紧锁。

美国的航天母舰已经出发，而且还捎带了各个国家的宇航员，中国的宇航员也在其中。而自己找不出任何方案可以抢在美国人前面去和外星飞船会合。

那么江晓宇所描述的可能性就成了最后的一丝希望。他调出了天宫七号的资料，反复斟酌。

他向着电话伸出手去。

手竟然在颤抖。

他缩回手来，让心情平静一下。

片刻后，他果断地拿起了电话，拨通了号码。

中南海内的某个办公桌上，一部红色的电话响了起来。

宙斯号如同巨大的银色钢臂，船头膨大的防护层就像巨大的拳头。两门对称分布的电磁炮直指前方，闪烁着能量充盈的蓝色幽光，仿佛宙斯的神秘权杖。

船舷上，星条旗的图样甚为醒目。

飞船前方，来自外太空的神秘飞船近在咫尺，似乎随时会被宙斯号追上。两艘飞船体积相若，一前一后。

宙斯号不断地发送各种消息，甚至发出了威胁，然而神秘飞船无动于衷，仍旧保持着自己的速度和航向。

两架无人机从宙斯号上升起，准备贴近神秘飞船探查。

然而，就在下一个瞬间，神秘飞船消失了。

这突如其来的变故让整个星球的人类都沉默下来。

外星人使用了一种地球科技尚且不能理解的方式，将宙斯号甩开，去向不明。

两架无人机在神秘飞船消失的位置盘旋，试图寻找追击的对象，然而徒劳无功。它真正地消失了，无影无踪，就像不曾存在过。

全世界关注着直播的人们都目瞪口呆，恐慌开始蔓延。

它去了哪里？

天宫七号的中央舱内，江晓宇挥动胳膊，一拳打在舱壁上，

"耶！"他压低声音给自己鼓劲。屏幕上，宙斯号茫然徘徊，已然失去了方向。这是十分钟前的画面，经过层层传递最后才抵达天宫七号，然而江晓宇相信，宙斯号一定仍旧在那儿徘徊。

飞船消失，意味着自己的猜测对了一半！

"你不能这么幸灾乐祸，你该不会希望外星人征服地球吧。"麦克斯懒洋洋地躺在沙发里，手里拿着一管饮料，"它可是在地球那一面消失的，距离我们有十万公里，如果它真能穿透地球出现在天宫七号，我只能说，你太有才了。"

江晓宇嘴唇一张，正想说点什么，中央舱的广播响了起来，"江晓宇，电话，六号位，是李院士打来的。"高大力喊他。

江晓宇纵身一跃，滑到了六号位，点亮话机屏幕。一块隔离屏自动降落下来，将一切都隔绝在外。

"晓宇。"李院士的声音有几分激动。

"李老师！"江晓宇压抑着兴奋。

"宙斯号的事，你知道了？"

"我刚看到。"

"我刚和深空物理所的钱伯君教授通话，他是做宇宙结构学研究的。他说，飞船突然消失，很可能是虫洞效应，这种效应只能在高度扭曲的空间范围内借助极高的能量触发。"

"嗯。"江晓宇点头。这是一场豪赌，却正向着有利于他的方向变化。

"所以你的猜测说不定就对了！"李院士的声音仍旧带着激动，"地球周围的空间扭曲程度不大，如果进入虫洞，只可能在地球周围重返正常空间，否则会失落在虫洞里，这是钱-托马斯模型的预言……"

江晓宇认真地听着，然而当他的视线扫向舷窗外，再也一个字都听不下去。

舷窗外，巨大的飞船悬浮着，一动不动，泛着浅灰色的光。

外星飞船！

在这样的距离上，它体积庞大，充满着压迫感。

就和它第一次从自己头顶飞过时的样子一样！

"晓宇，你在听吗？"李院士似乎感觉到了话筒这边的异样。

"李老师，它在这里！"江晓宇机械地回答。外星飞船会造访天宫七号，这是他的猜想，然而外星飞船竟然以这样的方式毫无征兆地出现，这远在意料之外。面对这孜孜以求的外星造物，江晓宇一阵发懵，全身发凉。

通话异常中断。电话里只剩下沙沙的电子噪音。

隔断屏打开，他听见了回响在整个中央舱里的声音，"晓宇，你在听吗？"

声音不断地重复。

这是通话中断之前，李老师的最后一句话。

麦克斯在全景舷窗前站着，正回头看着他，脸上露出不可思议的表情。

气密门嘶一声打开，高站长冲了进来，他冲得如此猛，以至于差点就撞到江晓宇身上。"怎么回事？"他急急地问，"我们的所有通信都被切断了。外星人知道你？"

江晓宇不知道该说什么，木然地看着两个同伴。

高站长首先镇定下来，"好吧，看起来我们三个是被困住了。它点了你的名，晓宇，那么我就代表你回应它？我该发送一条什么消息？我在这里？"

江晓宇点头，他仍旧沉浸在深深的麻木中，任何人的任何主意都是好的。

地球上，全球的主要频道都收到了同样的消息。

晓宇，你在听吗？

李院士的声音随着无线电波在各大洲反复回响。

它就像看不见的核弹，引爆了所有的人。

"李甲利院士，这是紧急状态行动委员会全体会议，议题就

是关于你和天宫七号的通话。"

李甲利的眼前浮现着六个虚拟的人影，他知道自己的虚拟人像正站在中南海某个特殊会议室的中央，和这些全中国最重要的头脑们面对面。

事情清楚明白，面对着大佬们，他没有一丝紧张。美国人没能抢先，任务完成了，外星人出现在天宫七号附近，证实了事前的猜想，这都是好的方面。他只是为天宫七号里生死未卜的三个人感到担心。

"李院士，外星人为什么会反复播放你的通话。"邓书记问。

"这只能猜测，因为当时我和江晓宇在通话，非常可能这是外星人截断通信之前的最后一句，它们把这句话放出来，只是因为它们认为这是一句话而已，并没有特别的意思。"

"就是说，你的话刚好被它拿来当成联系手段，是这样吗？"

"这是最大的可能。"

"但是你曾经报告最大的可能是外星飞船会借助地球进行引力弹弓加速，然后离开，穿越太阳系。"

"这是航天界当时的共识。"

"但是它消失了，出现在天宫七号。这也是你的猜测吗？"

"这是江晓宇的猜测，我同意他的看法，而且以常规的手段，我们是无法抢在美国人之前接触飞船的，所以我们需要一点运气。这件事当时林主席同意了。"李甲利说着看了林主席的虚拟像一眼。

林主席正襟危坐，脸上毫无表情。

"你和江晓宇的计划，是等待外星飞船在天宫七号出现，然后用萤火六号穿梭机去接近它，是这样吗？"

"天宫七号只剩下这一艘可以往返地球的飞船，外星飞船到底会怎么行动，谁也不知道，如果真的需要降落在外星飞船上，萤火六号是唯一的航天飞行器，但是它不能在另一艘飞船上降落，所以我们需要技术高超的宇航员进行一次太空行走。"

"江晓宇能够胜任吗？"

"我不知道。但是天宫七号上还有高大力和麦克斯·李两个人，他们是资深宇航员，能够处理复杂的情况。现在我们和天宫七号完全失去了联系，只有依靠他们。"

李甲利顿了顿，"现在他们就代表全人类。"

"美国人调集了他们的在轨机动卫星向天宫七号靠拢。"一直沉默不语的林主席终于开了口，"你是航天口的首席科学家，你认为我们该怎么办？"

李甲利深吸一口气，"任何军事行动都毫无意义。外星飞船进行了一次钱—托马斯跳跃，或者叫作折叠跳跃，远远超出地球的技术水平，我们并不清楚它的军事技术如何，但是能够进行钱—托马斯跳跃的飞船，能量控制水平是惊人的。钱伯君教授告诉我，这需要把一颗千万吨级的氢弹威力限制在六个立方米的空间内，维持的温度大约是太阳核心的温度，一千五百万度。我们的聚变反应堆能有这个温度，但是体积比这艘飞船整体还要大上三倍，这艘外星飞船的控制技术远远超出了我们的聚变反应堆。"

"直接说你的结论。"林主席打断李甲利。

"调动卫星严密监视它的动向，除此之外，什么都不要做了。所有的国家和组织都应该停下来，看看外星人到底会怎么和我们接触。"他看着林主席，"美国人那边，我们也该建议他们暂停军事行动。"

林主席缓缓点头，"你的建议很客观，我们会和美国人协商的。"

外星人的广播停止了。

飞船仍旧静悄悄地横在天宫七号上方，没有丝毫动静。

江晓宇、高大力和麦克斯三个人并肩站在全景舷窗前，望着外边的外星飞船。

"他们没动静了，我们该怎么办？"高大力问。

"怎么办？继续等着，还能怎么办？"麦克斯反问，"万一它们想要把我们抓去做样本可就惨了。我要先喝点什么，你还有什么存货吗？猫屎咖啡，有吗？"

"这关头谁有心情跟你开玩笑！"高大力黑着脸，转向江晓宇，"晓宇，你说怎么办？"

"难道我们不过去吗？"江晓宇抬头看着高大力，"它们不来，我们可以过去。它飞了几十上百光年，我们飞个几百米，也是应该的。"

"你倒是回过神来了。"麦克斯笑着说，"看你刚才脸都绿了。有个成语怎么说的？叶公好龙，是不是？看到真龙了，就怕了。这龙，说不定还是你引来的。"

江晓宇脸上微微一热，"没想到它就直接跳到眼前了。但是我们还是该过去。"

"等在这里最保险，"麦克斯飞快地回应，"我们不用冒不必要的风险。"

两人的视线都落在高大力身上。

"我觉得最好等待指示，但现在什么指示也没有。"高大力看看江晓宇，又看看麦克斯，"我同意麦克斯的意见，在这里等着最稳妥。"

话音刚落，声音又响了起来。

晓宇，你在听吗？

声音一遍又一遍地重复着。

三个人彼此看着，沉默着。

"我们该过去。它在召唤我们过去。"江晓宇打破沉默。

麦克斯露出一个苦笑。"你这个学生还真是不让人省心。"麦

克斯收敛笑容，"我改变主意了，我跟你一起去。这是召唤，我

们得响应它。"

两人的目光再次落在高大力身上。

高大力瞥了一眼舷窗旁值班位上的信号灯。灯一直是红的，地球方向没有任何指示。神秘的不速之客将一切信息都排除在外。

"好吧！这里只有我们三个，那我们就做决定吧。它在召唤我们，说不定是挑衅，我们不能怂。"

"我可以打开五号舱门，萤火六号就在那里，燃料充足，配备行走车。我们三个人都上飞船上。靠近外星飞船后，我留在萤火六号上，你们两个用行走车降落，我可能无法再收到你们的任何信息，所以一切都要计划好。我会尽力和外星飞船保持静止，接应你们。剩下的只能靠你们见机行事，如果有任何机会飞出来，就飞出来，这里是地球，总有机会回家。"

高大力一口气把计划说完。

麦克斯笑了起来，"好小子，在普林斯顿进修的时候没见你这么能说，这个计划我赞同，不过，我觉得可以稍稍修改，晓宇和你一起留在萤火六号上，我驾驶行走车降落。"

"这不行！"江晓宇立即叫了起来，"我必须降落。"

"这是安全问题。"麦克斯收起笑容。当他不笑的时候，看上去让人感到有些害怕。

"它是在召唤我！"江晓宇争辩，"而且，这个关头，难道不是有更多人在那艘外星飞船上会更有意义？两个人总比一个人好。高站长要控制飞船，不然该和我们一起去。"

"危险的地方，要慎重。"麦克斯坚持道，"我是你的 buddy（兄弟），到了太空听我的，你现在就必须听我的。"

"那是在地球之翼上行走，我们现在说的是外星飞船。"

"你们不用争了。你们两个都去。飞船我一个人可以控制，外星飞船上会发生什么谁也不知道，晓宇说得对，两个人比一个人好。另外……"高大力顿了顿，"麦克斯你是美国人，美国人去了，中国人也要去。"

争吵平息下来。

"外星人这么大老远跑来，也该不是为了劫持两个地球人。"麦克斯笑了笑，"就当去观光吧，兜一圈就回来。"

晓宇，你在听吗？

广播仍旧在不断重复，仿佛是在催促三个人下定决心。

"来！"高大力伸出右拳。

江晓宇和麦克斯也默默地伸出右拳，三个拳头顶在一起，轻轻一碰。

这是宇航员开始行动前的仪式。

萤火六号的外形像是一架翅膀特别短小的客机，三台矢量发动机喷射出红色的火焰，推动它缓缓地从天宫七号的圆盘上脱离。

退出一段距离之后，萤火六号摆动船身，开始转向。

江晓宇目不转睛地盯着眼前的屏幕，他的任务是当外星飞船落在屏幕中央的时候，向高大力做出提示。所有的信号通路都受到了干扰，他们不得不完全依靠手工操作。

天宫七号从屏幕右方缓缓退出，浅灰色的外星飞船从左上角进入视野里。

它距离天宫七号并不遥远，看上去体积庞大，占据了大半个屏幕。

当飞船的中部和屏幕中央的十字线完全重合，江晓宇发出信号，"停！"

一个锁定标志出现在屏幕上，视野稍稍偏移，随即回到原位。

"好，我们大约还有十分钟抵达目标。这里就交给我了，晓宇你去和麦克斯会合吧。"高大力背对着他，一边操作眼前的屏幕，一边说。

"好！"江晓宇回答一声，解开了安全扣，身子漂浮起来，正要套上头盔。

"晓宇！"高大力叫住他。

江晓宇停住身子。

高大力回头面对着他，"要小心！"

迎着高大力的目光，江晓宇能够感受到浓浓的关切。在这与外界完全隔离的空间里，他们三个就是全部的人类。一旦他进入到下部的发射舱里，高大力将再也看不见听不见他和麦克斯。

这就是再见的时刻。无需太多的话语，江晓宇点点头，套上头盔，做出一个 OK 的手势。然后向着上下通孔滑过去。

麦克斯正等着他。他钻进行走车，在麦克斯身后坐下。

"把头盔拿下来！"麦克斯转身向着他喊。

隔着头盔，江晓宇勉强听到了麦克斯的喊声，他摘下头盔。

"还有点时间，我们得说清楚，一旦降落在那儿，也许头盔还是不能通话，所以我们要约好，通信频率锁定在 107 兆赫，如果 107 兆赫被阻断了，那就转移到 500 千兆。"

"嗯，我的头盔一直设置在 107 兆赫。"

"很好，如果不能通话，就打手势。谁知道到了它们的地盘上，会发生什么！"

"如果他们把光也屏蔽了？"江晓宇问。

"哦，"麦克斯一愣，"不会的，难道它们希望我们变成瞎子乱摸？如果它们真是高等智慧生命，不会连这点都想不到。"麦克斯边说边将头盔戴上，"戴上吧，不管能不能通话，我们全靠它维持呼吸。"

江晓宇戴上头盔。

世界顿时变得安静下来。当耳朵适应了这种安静，他感觉到一些不同的声响。

麦克斯启动了行走车，液压阀有节律的声响配合车底的震动隐隐传来。

随之而来的是悠长的气密门泄露的声音。高大力正操纵着发射舱门打开。

声音变得越来越小，最后几不可闻。真空暴露在他们眼前，世界变得更为安静。

外星人的飞船就在前方，庞大的船体遮蔽了整个视野。

它看上去就像一片散发着均匀光泽的花岗岩，因为打上了月光而呈现灰扑扑的颜色。

不知道怎么回事，江晓宇只感觉那是一片亘古而存的荒野，充满了粗粝的原始感，和自然融为一体，不分彼此。

麦克斯扭头向他投来一瞥。

他坚定地点头。

小小的行走车脱离萤火六号，向着那一片灰扑扑的大地降落。

麦克斯修改了高大力的计划。

当行走车从萤火六号脱离，一条长长的绳索仍旧将行走车和萤火六号连在一起。它就像一条脐带，连接着母体和孩子。

也许它可以救命！麦克斯是这么说的。

此刻，江晓宇的头顶上，拇指般粗的绳索就像一条天线般指向停在不远处的萤火六号。江晓宇伸手拉了拉绳索，很强韧，并不像绳索一般柔软。

绳索已经绷紧了。

出了什么岔子！江晓宇不由担心。

麦克斯在他的头盔里骂骂咧咧，从他的口型，江晓宇相信他骂出了这么一句："倒了八辈子血霉！"

一个绞盘的绳索至少有两百米，然而不到五十米的距离上就停住，只能是故障。

就在他们的脚下，外星飞船仿佛一望无际的灰色大地，灰色中夹杂着金属的闪光，就像岩石中的微小杂质。

神秘的飞船近在咫尺，而他们却被救生绳卡住了。

然而未必是救生绳的故障。

江晓宇拍了拍麦克斯的肩膀，示意他向上看。萤火六号已经变得很小，分明到了很远的位置。

短暂的静止后，行走车被拉着远离外星飞船，然后又静止下来。

不知道什么原因，高大力没有能保持萤火六号的位置，而是开始向外拉行走车，然而也有某种力量抓住了行走车，让它不能随着萤火六号远离。

这是一个僵持的局面。

借助手势和口型，江晓宇和麦克斯艰难地讨论着下一步行动。

江晓宇第三次示意要解开救生绳。

麦克斯脸上的表情说明他在沉思，片刻之后，他点了点头。

那么就行动吧！江晓宇用力扳动连接器。连接器发出轻微的震动，经由双手传递到耳内。江晓宇仿佛听见了一声清晰的嘎达声。救生绳一瞬间弹起，消失在茫茫太空中。江晓宇心中咯噔一下，和人类文明世界的最后一丝联系，一瞬间断绝了。远方，萤火六号正飞快向着天宫七号而去。

高站长那里一定是发生了什么事。江晓宇望着远遁的萤火六号，心中暗想。

麦克斯很快控制了行走车的姿势，让它向着那片灰暗的大地落下去。江晓宇的思绪很快回到眼前的问题上来。

自己和麦克斯是有史以来第一次接近外星人的人类。

行走车很快就要降落在外星飞船上，这历史性的时刻马上就要到来。

他忐忑不安，激动中夹杂着一丝恐惧。萤火六号突然离开，让这种不安感更为强烈。

只有两种可能高大力会抛下他们离去，地球传来了指令，或者是外星人做了什么。第一种可能太小，那么只剩下第二种可能。

它们究竟是善意还是敌意？甚至可能只是想要抓两个人类作为标本？

江晓宇盯着越来越逼近的飞船表面，心情紧张到了极点。

车身猛地一震，行走车落在了外星飞船上，紧接着是一个紧急制动，引得江晓宇的头在保护罩上一撞。

江晓宇慌忙稳住身子。

行走车很快停了下来，伸出四只抓手，牢牢地抓住身下的物体。

四周比想象中更寂静。没有外星人出现，也没有什么主动被动防御，仿佛这不是飞船，而只是一块巨大的岩石。

然而它货真价实，就是一艘外星飞船。

突然间，耳边传来麦克斯自言自语的声音，"这鬼地方比月球还荒凉！"

"麦克斯！"江晓宇万分惊喜，没有一丝声音的地方，哪怕有一点人声，都让人格外宽慰，"我听见你说话了。"

"啊，真的。这么说外星鬼子还有点良心，知道我们来了，解除了屏蔽。"麦克斯转过头来，向着江晓宇，挤了挤眼。

"接下来该怎么办？"江晓宇问。

"还能怎么办？你想来的，我们已经到了，你说该怎么办？"

"它应该知道我们来了。"

"它知道啊，但是我们该怎么办？等着它吗？"

麦克斯向着四下张望，最后望着天宇，"我们已经钻进笼子里了，听天由命吧！"

江晓宇明白麦克斯的意思。

在这个距离上，应该能够看见天宫七号，能够看见地球之翼，能够看见地球和月球，还有数不清的点点繁星和人造卫星。

然而天宇漆黑一片，什么都看不见。就连刚才还能看见的萤火六号，也全然失去了踪影。

毫无疑问，自己和麦克斯已经被封闭在一个小小的空间内。

"不管怎么着，就用天宫七号的通信频段发送消息吧！"江晓宇最后说，"就说我们到了。"

时间在静寂中流逝得特别慢，前后不过五分钟，却像过了几个小时。

一片寂静的灰色平原忽然间有了动静。

无数细小的闪光涌现，仿佛波光粼粼的水面，大地像是一瞬

间活了过来。

"麦克斯，你看！"江晓宇指给麦克斯看。

"终于来了。"麦克斯瞥了一眼那波动的闪光，"这边的主人好烦，故弄玄虚，虽然它是外星人，但这样招待客人实在说不过去。"

麦克斯话音刚落，行走车忽然微微一震。

江晓宇探出头去，观察行走车的下方。赫然间，他看见了无数细小的东西簇拥在行走车旁，就像一群虫子。

那波光粼粼的表面，是无数的小东西在移动，它们正向着行走车聚拢。江晓宇吃了一惊。

行走车又震动一下，这一次动静更大。

"它们在攻击行走车！"江晓宇仔细查看，不由惊叫。聚集而来的小东西已经埋没了行走车的四条固定臂，正继续向上。

"别慌！"麦克斯凑了过来，看了看行走车下方的情形，"我来对付它们。"他说着推了推操纵杆，行走车发出细微的嘎达声，却没有移动。

"趁着我们没防备，把我们绑在这里了，这真叫诡计多端。"麦克斯松开操纵杆，双手往脑后一放，"那么我们就看看这些家伙究竟会把我们怎么样。"

麦克斯轻松的语调却没有让江晓宇放松下来，他仍旧紧张不安地看着越聚越多的小东西，它们缓缓地吞没着行走车，不可阻挡。

江晓宇咽下一口唾液，"我觉得我们像是在被吃掉。"

"吃就吃呗，"麦克斯毫不在乎，"既然到了这里，就要有被吃的勇气，我们这是为科学真理而献身，这不是你一直挂在嘴上的嘛。"麦克斯说着坐直身体，"我们下车去看看？就是死也要死个明白，对吗？"

江晓宇抬头望了望前方。行走车并未被吃掉，它只是正在下沉，他们像是陷落在了流沙里，无法自拔。

外星主人就在飞船内，这或许是它们的进入方式。

"它们要把我们弄到里边去，"江晓宇说，"我们还是留在车里吧。"

"主意你拿，行动要听我的。"麦克斯拉起隔离罩，"如果这样，那么就安全一点，我可不想让这种玩意儿爬到身上来。"

行走车下陷的速度更快了。

片刻工夫，隔离罩上已经爬满了小东西。

它们像是一个个小小的橄榄球，密密麻麻地堆积在一起。

这是活的橄榄球，它们灵活地移动，偶尔发出一点亮光，像极了萤火虫的尾部。

很快行走车就被彻底埋在这些小东西下边。

行走车成了囚室，黑暗而静默，只有那些小东西偶尔带来的闪光让人感觉这世界仍旧存在。

江晓宇看了麦克斯一眼，后者正出神地盯着隔离罩，自若的神态让江晓宇轻松不少。

"文明就像黑暗中的火。"麦克斯突然冒出一句。

行走车停留在一个夹层。

那些将他们送进来的小东西顷刻间没入墙壁不见了踪影。

麦克斯打开隔离罩。

外边的世界一团漆黑，只在行走车周围方圆一米的范围内有隐约的红光。

红色的光变得更为强烈，汇成一束，从行走车上扫过，然后弥散。一秒钟后，又来一遍。这一次略微偏过一个角度。

"它们在观察我们。"麦克斯说。

"我们也观察它们。"江晓宇回答。

"观察？哪里？我连个鬼影子都没见到。"

"这些把我们送进来的小东西就很奇怪，它们没入墙体内了。"江晓宇边说边下车。

"谁让你下车的？快坐下！"麦克斯呵斥，"我们说好的，安全要听我的。"

"我不能浪费这么好的机会。"江晓宇并没有停下。麦克斯只是想保护他，然而在这个人类从未涉足的地方，在一种来自太阳系之外的智慧生物身旁，他们应该是安全的。

他所需要克服的，只是与生俱来的对未知的恐惧而已。

对未知不仅有恐惧，更有好奇。

说话间，江晓宇已经落地。

这儿有一个切实的向下的方向，飞船产生了自己的重力场。江晓宇向前跨了两步，感觉就像在地球上一样自然。

凭着飞船自身的质量，产生像地球一样的重力场绝无可能，答案只能是此间的主人根据地球的情形调整了重力场。

"麦克斯，你知道产生一个像样的重力场需要多大能量吗？"江晓宇压抑着内心的兴奋。

"像亿吨级氢弹那样？"麦克斯胡乱猜测。

"不，是无穷大。"江晓宇说出答案，"也就是理论上，如果没有足够的物质，单纯依靠能量是无法造成引力效应的，也就是我们不能凭空制造重力。"

"但这里分明有个均匀的重力场。"麦克斯接上了他的话，

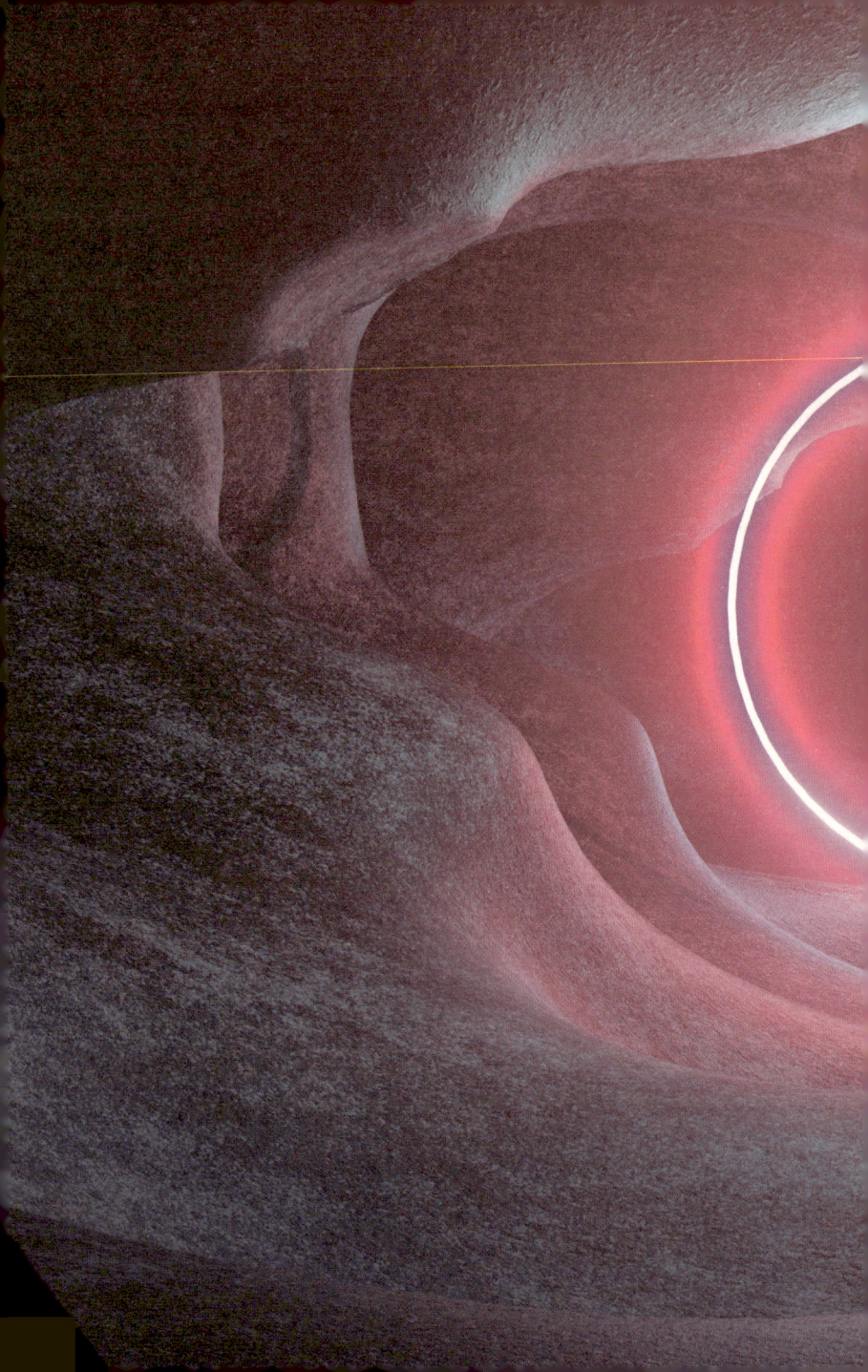

"所以……"

"事实和理论不符，要么是事实观测有误，要么就是理论错了。"

"你等于什么都没说。"

"当然这个事实很重要，我们不该感受到重力场，这里却切实存在，而且和地球表面重力非常接近。它了解空间的奥秘，让空间弯曲，就像它能够完美地利用钱—托马斯效应一样。"

"没错，但是我更想看一看这外星人的模样，它们技术高超，我们已经领教了。我现在就想知道它们到底长什么样。"麦克斯说着掏出了一样东西，挥了挥，"你看，我都准备好了。"他挥舞的是他的手机。

宇航员不应该携带手机，麦克斯违规了。然而此时此刻，用手机来记录这艘飞船上发生的一切，可能已经是唯一的选择。

麦克斯将手机对着江晓宇，"来，说一句你最想说的。"话音刚落，他又将摄像头转向自己，"这是人类文明第一次和来自太阳系外的智慧生命接触，这是我们个人的小小旅程，却是人类的伟大见证。"

"轮到你了。"摄像头转了回来。

不等江晓宇反应，他又把摄像头转了回去，"我都忘了，该说英语。"于是又用英语说了一遍。

"该你了。"

江晓宇瞪着镜头，不知道该说什么。

"关键时刻，怎么能掉链子。随便说点什么，我开始录了。"

江晓宇扭头看了看一旁的墙体，"这艘飞船的墙体是活的，能够把外部的东西传送到内部，就像……就像是细胞吞噬，食物穿透细胞壁，我们两个坐在行走车上被它这样吃进来。你们看这墙体，上面很粗糙，能看到细小的颗粒，缝隙很大，如果不是穿着太空服，我的手指都能伸进去。"

麦克斯挪开手机，"我知道你很有才，但是能不能别总是纠缠细节，说点更带感的，让人听了就心潮澎湃那种。"

摄像头再次对准了江晓宇。

"我觉得，它就像一个巨大的细胞，一个宇宙细胞。"江晓宇认真地说。

"哈哈哈……"麦克斯突然大笑起来。

"有什么可笑的！"江晓宇感到一丝愤懑。他在严肃地探讨外星飞船，麦克斯却仍旧嘻嘻哈哈的样子。虽然麦克斯一贯如此，然而在这异星飞船上，他们就是人类的代表，完全不该相互取笑。

"哦，我不是笑你。"麦克斯的笑声平息下来，然而仍旧忍不住还是很乐呵，"我笑的是录像。这里根本没有空气，说什么手机都录不到。所以，我录下来的就是哑剧，一句台词都没有。我们还要一本正经地想台词，你说可笑不可笑。"

江晓宇的气愤顿时散去。虽然麦克斯的笑话没有一丝可笑之处，然而他明白麦克斯只是想让他感到轻松一点。

同时这也提醒了他，重力场让他们产生了回到地球的错觉，事实上他们仍旧身在太空，周围连一丝空气都没有，环境险恶至极。

原本不断扫描行走车的红光消失了，那主人已经得到了它所想要的东西，撇下了他们。

他向着身后的黑暗看去，仿佛有不可名状的怪物潜伏其中，随时可能扑出来。

恐惧爬上他的脊背，一个寒噤。

潜藏在大脑深处的生物本能不可抗拒。

"晓宇，这边有光。"麦克斯招呼他。

江晓宇猛地回头，行走车的前方闪出明亮的光。那光来自一条长长通道的尽头。

此时此刻，这光有着明确无疑的含义。

那个神秘的所在，正在邀请他们过去。

超过三十颗轨道机动卫星聚集在天宫七号周围。

短短六个小时，天宫七号周围已经聚集了人类在太空中的三分之一常备军事卫星打击力量。

这也许是有史以来最为密集的太空军事力量聚集。

"这像是打世界大战的前奏。"坐在一旁的局长似乎在喃喃自语。

李甲利站在大屏幕前，一言不发。在这种情况下，局势变得格外微妙。美国人无视外层空间使用公约，率先将两颗军事卫星送到了距离天宫七号不到两公里的位置，俄罗斯和日本也随之效仿，中国的众多卫星则拱卫在天宫七号周围，摆出防御的姿态。

然而真正有威胁的不是人类彼此的卫星，而是来自深空的不速之客。

天宫七号周围一千米范围内，仍旧是禁区，任何进入的飞行器立即失去联系，再也无法遥控。一颗英国的捕捉卫星因为进入范围失控而撞击了天宫七号的侧翼，成了太空垃圾。各国航天中心都小心翼翼地控制卫星，不进入可能失联的范围。他们也不愿意离开这个是非之地，只希望能第一时间监测到外星飞船的动静。

一名秘书走进来，在局长身旁耳语。

局长站起身，"李院士，一起去吧！"

李甲利默然地跟着局长离开主监控室，进入一旁的矮门。

这里的监控屏幕显示的内容和主监控室的大屏幕一样，然而当局长和李甲利在屏幕前站定，屏幕随之一变。

屏幕上显示的摄像画面很粗糙，是通过军事卫星的保密频段送来的信号。这些军事卫星为了长期运行和保密传输的需要，采用的摄像画质都很原始。然而足够传送消息。

画面上的人是高大力。

"高大力同志，我们仍旧向外宣称没有能够联系到你的飞船，你要注意保持静默。航天局会掌握消息发布。"局长开门见山地说。

"是，局长！"高大力很快回答，从小小的摄像头看上去，他的脸部有些变形。

"汇报你所知道的情况。"局长下令。

高大力的声音时断时续，但至少清晰可闻，约莫二十分钟后，李甲利明白了大致的来龙去脉。

萤火六号被不知名的力量驱逐，只不过一瞬间的工夫，就被加速到了脱轨速度，向着外太空抛射，如果不是及时恢复通信，地球之翼第十五建设基地派出接驳飞船接应。高大力恐怕要直接飞向外层空间，再也回不来。

外星飞船表现得并不友好，但至少高大力能活着回来。

降落在外星飞船上的两个人还生死未卜。

"他们的行走车状况正常吗？"李甲利问。

"在降落准备阶段是正常的，后来我就不知道了。"高大力如实回答，"被弹射的时候，我差点晕过去，清醒过来已经完全失去联系。"

外星人的空间折叠跳跃虽然技术远远超出人类科技，至少还有钱-托马斯折叠效应可以解释。在一个狭小空间内隔绝电磁通信，已经让人感到不可理解；至于让一艘飞船在没有任何直接接触的情况下获得巨大加速，这简直就是魔法。

人类用自己的军事卫星去包围飞船，就像是一群原始人乘着独木舟去包围一艘导弹驱逐舰。

高大力的影像消失掉，屏幕上恢复了天宫七号和外星飞船的监控画面。

"你怎么看？"局长问。

"我们没有任何主动权，"李甲利带着一丝喟叹，"它们太强大了，从科学的角度，我只能说和他们相比，我们就像是原始人。对抗是毫无意义的。"

局长点头，"你说得对，对抗是毫无意义的。只不过，如果两个人在森林里遇到了老虎，那么你要做的不是和老虎打斗，而是争取跑得比同伴快一点。"

局长顿了顿，"现在只有美国人拥有运载能力在千吨以上的深空飞船，我们的船都只能在近地轨道上活动。"

李甲利默然。

"林主席让我转告你，这件事结束后，我们需要立即开始制定外太空探索计划，发展深空飞船，火星项目要重新提上日程。"

李甲利点头。他望着屏幕上那黑魆魆的影像，只希望登上了外星飞船的两个年轻人平安无恙。

漫长的通道仅有两米高，两人并肩站立也稍稍嫌挤。

麦克斯从行走车上翻身落地。

"走过去吗？"麦克斯问。

"当然过去，我们到这里来的目的就是要看看它们究竟是怎样一种智慧生命。"

麦克斯在行走车上拍了拍，"这可是我们最后的机器了，我们也没别的武器。"

"在这里用不着武器，有没有装备也差不多。"

"你看上去有点紧张。"

"有点，很紧张，但是总要往前走啊。"

"那就让我走前边好了，没什么好怕的。不过这行走车，就让它随时待命，说不定还能救命。"他最后在行走车的外壳上拍了拍，像是和一个老朋友告别，然后跨到江晓宇前边，向着通道走去。

江晓宇跟着麦克斯走进通道。通道很直，却黑暗幽深，除了尽头那一点亮光，什么都看不见。

耳机里响起若有若无的沙沙声。

江晓宇停下脚步。

"麦克斯，你听见了吗？"

"什么？"

"耳机里的声音。"

"除了你说话，没别的声音。"

"不，我们都别说话，静默一分钟。"

细微的沙沙声再次浮现出来。

"一点电子噪声罢了。"麦克斯不以为然。

"它有节奏。"江晓宇努力分辨着那声音。它仿佛絮语，是一种完全无法理解的语言，带着咒语般的轻灵。

"是你太敏感了吧！"麦克斯听了一会儿，仍旧不以为然。

"我觉得是它在说话。"

"那也不是说给我们听的。"麦克斯说完继续向前走，"我们还是到前边有光的地方看个仔细，只有能看见的东西才是切实的东西。"

"等等！"江晓宇喊住麦克斯，"这墙体上有光。"

暗淡的光从墙体上闪过，肉眼几乎难于觉察，如果不是因为它和声音的起伏同步，江晓宇会认为那不过是眼睛的幻觉。

"嗯！"麦克斯也注意到了，"这算是欢迎的焰火吗，也太不起眼了。它们的欢迎应该更热烈些。"

江晓宇伸手碰触在墙体上，这边的墙体和刚才行走车降落的位置类似，由无数的小颗粒组成，只是这边的颗粒更细，更密，结为一体，摸上去仿佛粗糙的砾岩。

手指所碰触的那块墙体忽然发亮。

江晓宇像触电般缩回手，一切又恢复黑暗。

"你看见了？！"江晓宇向着麦克斯问道。

"这很神奇。"麦克斯一边回答，一边也伸出了手。当他的手轻轻碰在墙上，一团红色的光骤然浮现在墙面内，仿佛是他手指按压的回应。

麦克斯也缩回了手，"还有点麻，这是带电的，还好不是要把我们电死。"

江晓宇再次碰触墙面。粗糙的砾岩下光亮再次闪烁。江晓宇忍着轻微的电击感没有缩手。他的手在墙面上滑动，墙体内的光芒随着他的手移动。那并不是一团光，而是一个个小小的光点。看得久了，仿佛发亮的微粒正在一个个小颗粒间跳跃。

"真有意思，有点像我们玩过的那个游戏，你记得吗？那个踩小鱼的游戏。不过是反着来的。"麦克斯问。

江晓宇点点头。麦克斯所说的游戏是宇航员反应力训练，被测试的宇航员需要在尽可能短的时间内用手或脚去碰触空气中悬浮的虚拟小鱼。小鱼会飞快地游动，短暂停留，当感应到异物接近就会立即四散逃离。眼前这些细小的光点追逐着自己的手指，正像是小鱼游戏的反面。

他缩回手，光点刹那间消失得干干净净。

耳边细微的沙沙声猛地强烈起来，随即又降落下去。

他非常确信，这就是躲藏在暗处的外星人发出的信号，然而麦克斯说得对，这些听不懂的信号对他们毫无意义，就像墙体内的光一样，那一定是某种有意义的东西，然而他们并不能理解，只能当作一个游戏。

江晓宇忽然感到迫切的渴望，想要到那亮着光的地方去。

"还要玩吗？还是继续往前走？"麦克斯看着他。

"我们走吧。换我走前边好了。"

通道看上去很长，走起来更为漫长。

约莫二十分钟的时间，似乎只走过了一半的距离。

"让我走前边吧，你走不快。"麦克斯的声音从后边传来。

是的，在这完全的黑暗中，仅凭宇航服上微弱的照明，自己的确走不快。江晓宇默默地向一旁闪了闪，腾出空间让麦克斯超过去。

麦克斯再次走在了前边。

两人加快速度，向着前方的目标前进。

麦克斯的步子很快，江晓宇努力跟着他，不知不觉间已经是气喘吁吁。

还好就快到了。

前方的白亮的所在显得更大更亮，像是一个门洞。

那是一条截然的线，亮和暗各处两边，彼此丝毫无犯。

他们最后站在了这条线旁。

那边的光亮中并见不到任何东西，似乎只有纯粹的光。

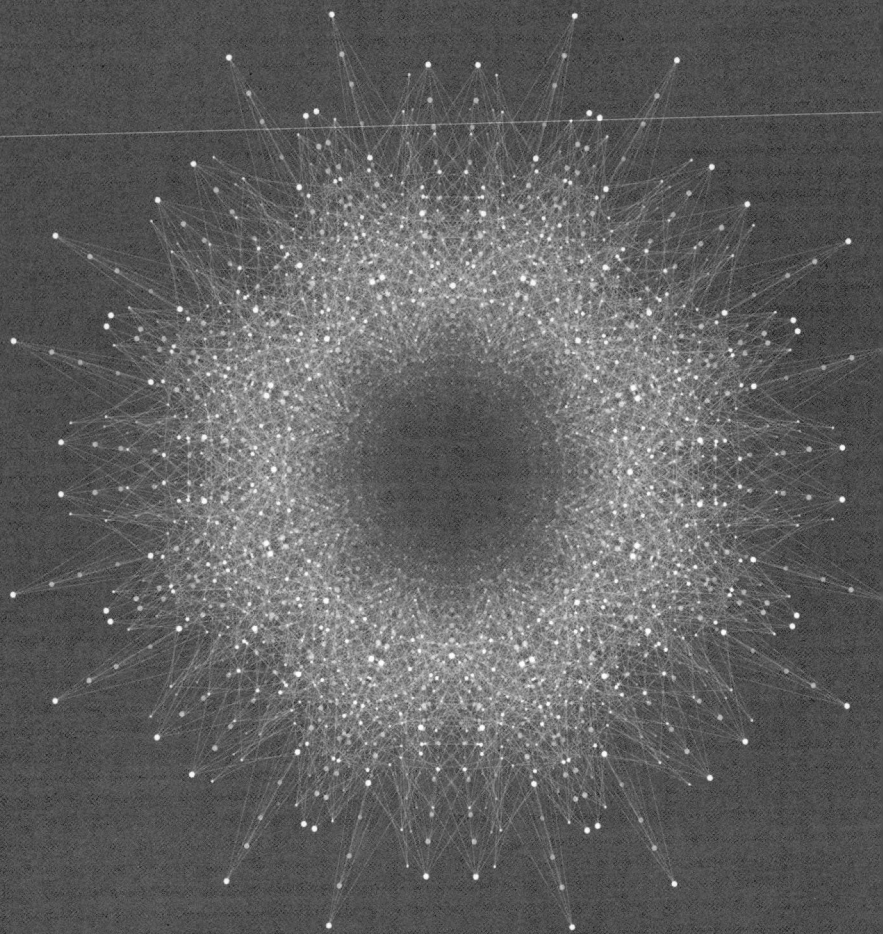

它真的像一个传送门。只是门的那边究竟是什么，谁也无法预期。

麦克斯回过头来。"进去吗？"

江晓宇坚定地点头。

麦克斯看着那团光亮，似乎有几分犹豫，几秒钟后，他再次回头。"看上去还真有些让人不放心。"

"让我来吧！"

江晓宇正想向前，却被麦克斯拦住。"在太空里都要听我的，是不是？"

"但是现在……"

"现在还是听我的，"麦克斯回头望了望，"现在，我先进去，如果十分钟没有出来……那个时候你再决定吧。行走车能量充足，可以试试炸开舱壁再钻出去。或者你再等等，看外星人会怎么行动。如果十分钟我没有消息，你就自己做决定吧。"

"麦克斯！"

"另外带上这个，"麦克斯将手机递了过来，"虽然没有声音，有影像也是好的。我向前走，你要给我录像。"

江晓宇没有接。

"这可是人类和外星文明的第一次接触，你知道这有多珍贵。"

江晓宇摇摇头，"我不能只让你一个人冒险。"

麦克斯哈哈一笑，"我可不是想和你抢这个第一次接触的机会，只不过，谁也不知道这究竟是什么？或者是不是个陷阱。我们有两个人，留一个在这里进行观察更合理。让你向前走，我在这里看着，我做不到。你比我聪明，留下观察，说不定还能看出点门道。"

江晓宇默然不语。

麦克斯靠过来，搂住江晓宇的肩，"来，成功登上外星飞船的两个男人需要来一张合影。"

手机屏幕上闪过两个圆滚滚的头盔。

麦克斯顺势把手机塞在江晓宇手里。江晓宇捏住手机。

"好，现在对时间，不知道需要多久，那就定好十分钟。行动！"他伸出拳头。

江晓宇也伸出拳头，在麦克斯的拳头上轻轻一碰。

"记住，等我十分钟。"麦克斯叮嘱，然后向着那灿烂的光瀑走去。

他走进那片光明，光芒涌过来，一点点裹住他。

麦克斯消失在光明之中。

这也许是有生以来最漫长的十分钟，仿佛比一个世纪更长。

当麦克斯没入那片灿烂的光明，世界在一刹那间坠入了寂静，就连那细微的沙沙声也消失不见。

唯一能听见的声音，是自己的心跳和呼吸。

头盔上映出的数字不断减少，江晓宇不知不觉间屏住了呼吸。

如果十分钟到了，麦克斯没有出现，该怎么办？

这是一个没有任何人可以帮助的问题。他只能相信自己的直觉。

那么就继续向前。江晓宇下定决心。

既然到了这里，就要有回不去的打算。麦克斯走进去，没有露出任何不安全的痕迹，或许这是一扇单向的门，通向宇宙中某个神秘的角落，走进去的人还活着，只是不能再回来。

数字继续减少，降落到了一位数。这有些像是发射场的情形，自己正躺在飞船舱内，静静地看着屏幕上的倒计时，等待那突如其来的巨大加速。

六，五，四，三，二，一……

数字停留在一上，不再减少。

麦克斯还是没有出现。

他的心头涌起千万思绪，五彩缤纷仿佛一片彩色的瀑布，奔流直下，无法言说。

江晓宇深吸一口气。

头脑中的一切都消散掉，只剩下那整齐洁白的一片光瀑。

麦克斯，我来了。

他默念一句，向前迈开腿。

眼前的光仿佛凝固起来，变成了一堵墙。

他结结实实地撞了上去，一碰之下，连续退了好几步，一屁股坐在地上。

江晓宇惊诧无比，条件反射般起身，扑在了刚才撞到的位置，急切地上下摸索。

那真是一堵墙！

虽然看上去仍旧是一片光瀑，却根本没有任何可能能够穿透。

然而麦克斯分明轻易就走了进去。

江晓宇拍打墙面，用拳头击打，在各处试探，想找到隐藏在墙上的入口。

一切都是徒劳。

十多分钟后，他绝望地放弃了，靠着那亮得仿佛只是一团光的墙体，斜斜地滑了下来，坐在地上。

从能够轻易穿透的光瀑，到细密无间的墙，外星人玩了一个不可思议的魔术。或许这比空间折叠跳跃更为神奇。

江晓宇只觉得身心俱疲。这些神秘兮兮的外星人，到底在玩什么游戏？麦克斯怎么样了？一想到这些问题可能永远没有答案，而自己就像一只被关进笼子的老鼠，他就感到烦躁。

烦躁中夹杂着一丝恐惧。麦克斯不在身边，无限寂静的世界让人不安。

或许到这里来真是一个错误。

不正是自己坚持要登上外星飞船的吗？江晓宇不禁苦笑。

不经意间，眼角瞥见一丝亮光。看过去，原来是麦克斯交给他的手机，刚才跌倒的时候摔在了地上。

江晓宇探过身去，将手机捡起来。

麦克斯的手机并没有密码，他翻开相册，看了起来。

相册里绝大多数都是地球，空间站和地球之翼的照片。麦克斯在地球之翼的各个位置拍摄了系列照片，这个世界上也许绝无仅有。

很快，他翻到了出发时刻的照片。麦克斯拍摄了一张外星飞船的全景。黑魆魆的船身透着强烈的神秘感，正是他们从天宫七号望到的情形。

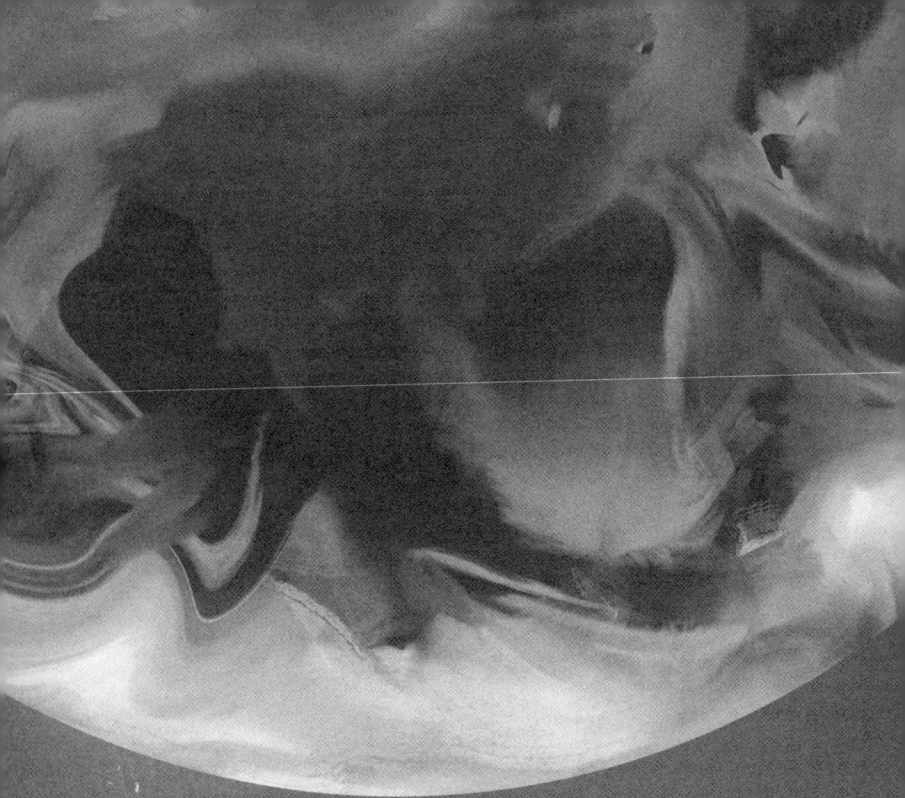

江晓宇把相片调成了立体模式。灰黑色的飞船在眼前悬浮，透着无限的神秘感。此刻，自己也成了这神秘感的一部分，外边的人们，也许正想尽办法，想要进来了解。

　　相片带着语音。江晓宇随手打开。

　　"这外星飞船看上去令人不安，我们的小伙子一定要上去看个究竟，也许他是对的，都到了眼前，不上去看一眼怎么也说不过去。但是，我他妈的不想死啊！"

麦克斯用英语录的音，声音不像平时那么漫不经心，透着一股焦虑。

江晓宇鼻子一酸，泪水止不住流了出来。他捂着手机，呜呜地哭了起来。

忽然间，地面传来细微的振动。

振动逐渐变得更强。

江晓宇站起身，满怀戒备。

振动是从通道那头传来的。江晓宇背靠着光瀑墙，警惕地盯着通道，那是他们走来的方向，然而沉浸在黑暗中，什么都看不到。

脚下的地面晃动起来，仿佛波浪般阵阵起伏。江晓宇微微弯腰，降低重心，让自己站得更稳些，两眼仍旧紧盯着通道中的黑暗处，丝毫没有放松。

黑暗中的物体显露出来。

是行走车！

它就像一条小船，被波涛送到岸边。

地面的晃动停息了，行走车静悄悄地就在江晓宇眼前，将整个通道完全堵住。

原本的通道是无法让行走车通行的。不管出于什么原因，外星人把行走车塞进了通道里，送到自己面前。

整个通道都是活的！它像吞咽食物一样来移动行走车。

那么身后发光的墙，该是进入胃的门户？

是它吞吃的时刻到了吗？这就是结束？

江晓宇忽然冷静下来。一个人独坐在无边的幽暗中恐惧无助，当挑战降临，反倒激发出勇气。

不管是什么，我都不会害怕！江晓宇给自己鼓劲。

通道的墙体一下子亮了起来。

耳机里响起一阵轰鸣。

屏幕上的飞船消失了，在几十颗卫星的密切监视下，它凭空蒸发了，就像上一回它从宙斯号的眼皮底下消失得无影无踪一样。

原本安静的航天局指挥中心监控室里一阵哗然。

全球的航天界再次沸腾了，这沸腾的消息很快从各个航天监测站传送到了各个电视台，广播站，直播平台。全世界都在猜测，它又去哪了？

人类所有的眼睛都在向太空的各个方向张望，试图找到它的蛛丝马迹。

一片喧嚣中，李甲利安静地坐在自己的桌前。

外星人的动机无法揣测，技术高超如同魔法。

人类除了等待，别无选择。

他只担心仍旧在飞船里的两个人。

这些神秘的外星人，跨越遥远的时空而来，应该也像地球对外的探索一样，没有恶意，勇敢的宇航员应该可以回来。

然而，谁又能确信呢？

他闭上眼睛，默默祈祷。

江晓宇感到一阵眩晕，仿佛自己被丢进了一个高速旋转的离心机里边。片刻之后，眩晕感消失。

重力场也消失了，他漂浮起来。

他收起麦克斯的手机，向行走车靠拢，抓住驾驶舱外的扶手一用力，翻身坐进了舱内。

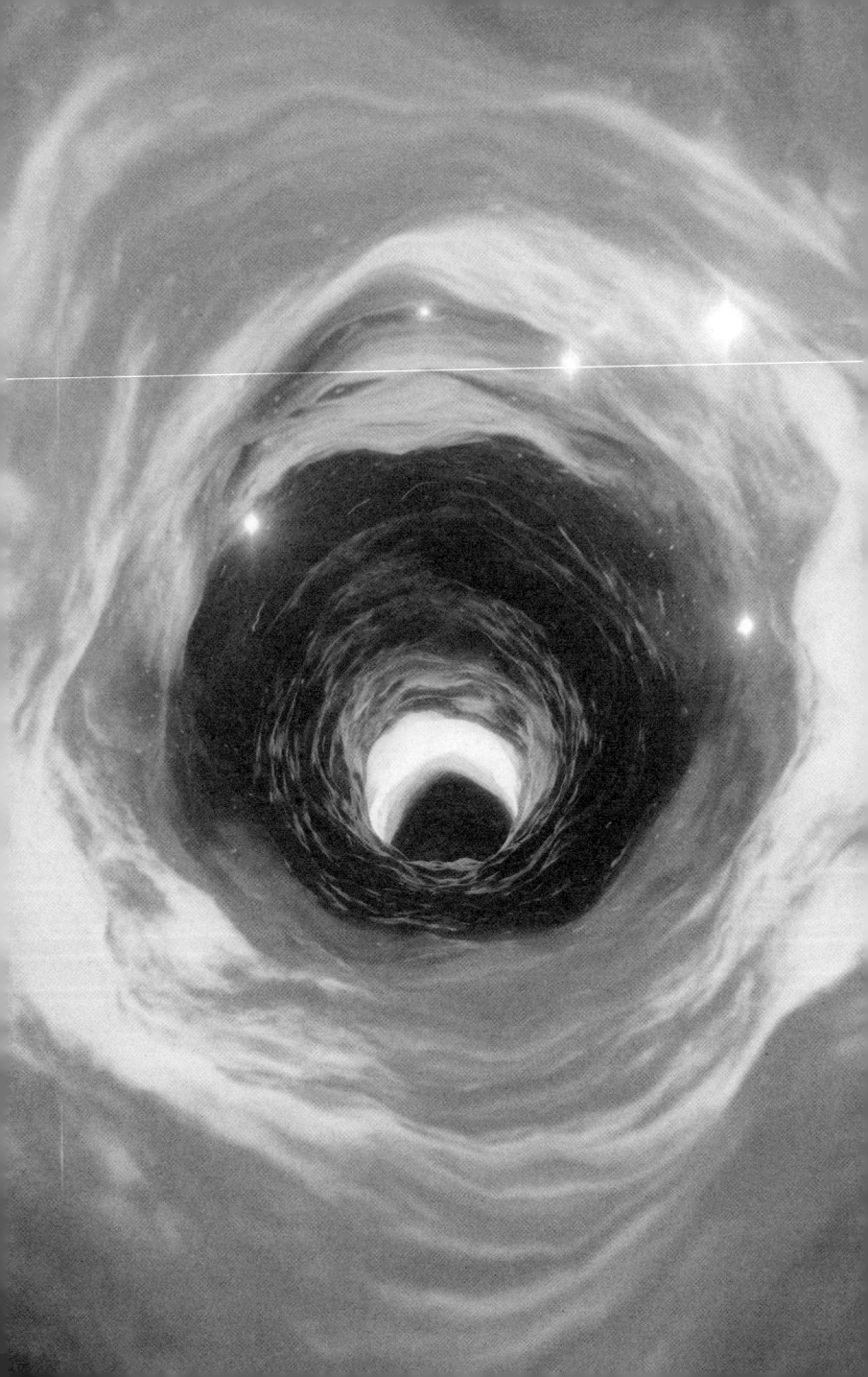

行走车仍旧处在待命状态，能量充沛。

或许按照麦克斯所说的，自己还有机会冲出去。

江晓宇合上座舱盖，开始操作行走车。他拉起操纵杆，行走车发出轻微的震颤。车上并没有武器，然而麦克斯在车头装了一台功率强大的喷气发动机，抵近突然启动，也能制造一些杀伤效果。能不能炸开舱壁，会不会影响行走车自身，那只有听天由命了。

江晓宇努力调整行走车的位置，将喷气口对准舱壁。

"晓宇，请保持镇定，我们会送你出去。"

一个声音毫无征兆地从耳机里传来。声音没有任何起伏，也听不出性别。

"你是谁？"江晓宇惊诧地四下张望。

他并没有得到回答。

一股巨大的力量推动着行走车。舱壁开始发生变化，无数细小的光点从四面八方汇聚而来，带着光的颗粒就像一个个有知觉的小生命在移动。

就像被吞进来时的情形一样，神秘的外星主人正要用同样的方式把他送出去。

离开这里，回到地球，这是再好不过的事。然而麦克斯还在这里。

"我还有一个同伴!"江晓宇大声叫喊，也不管有没有人能够听见。

"我们已经安置了他。"这一次那怪怪的声音回答了他。

"安置，是什么意思? 你们是谁?"江晓宇急切地问。

栩栩如生的情景浮现在他的眼前。一片幽蓝的背景中，他看见了麦克斯，麦克斯站立着，一动不动，仿佛雕塑。麦克斯身旁，是一个形状奇特的生物，仿佛一只巨大的龙虾，然而用两腿立着，躯体也只有三节，中央的一节的身体两侧各伸出两只手臂，它穿着金属制成的衣物。再一旁，还是一个大虾式的生物，那生物没有甲壳，也并不分节，只是头型很像一只大虾，头部两侧伸展出细长的眼柄，两只大而圆的眼睛在眼柄末端挂着，活像两个摇摇欲坠的苹果，它的躯体蜷缩在一个质感像花岗岩般的球形机器中……奇奇怪怪的生物充满了视野，麦克斯身处其中，仿佛一个人进入幻想世界的动物园，而所有的动物都文明地穿着衣物。

"麦克斯!"江晓宇轻声呼唤。

麦克斯没有任何动静。

所有的生物都静止不动。

这是一个陈列室！江晓宇忽然醒悟过来。麦克斯被他们制成了标本！这就是所谓的安置！他们还安置了许多其他生物，也许来自其他的文明星球。

江晓宇的手哆嗦起来。

眼前的景象消失了。

他们是来捕猎的，麦克斯成了他们的猎物。

一刹那间，江晓宇恨不得行走车就是一枚核弹，自己可以引爆了它，和这个冷酷的外星飞船同归于尽。

片刻之后，当他冷静下来，他意识到自己还需要了解更多的情况。

"你们是谁，来自哪里？"他问道。

并没有人回答他。

行走车已经穿透了舱壁，来到了飞船之外。漫天星斗璀璨如珠玉，银河横贯，光芒灿烂。

远方天际线上，巨大的赭黄色星球缓缓转动，正随着飞船的移动而展露出全貌，不过片刻工夫，星球占据了整个天宇，它充满压迫感，似乎随时可能碾压下来。

江晓宇看见了那个在教科书上见过无数次的大红斑。

这是木星！不过片刻之间，外星飞船跨越了几个天文单位的距离来到了木星。

一丝惊惧掠过江晓宇心头。

从木星到地球，一般的飞船至少需要航行半年的时间。

"你们是谁？要干什么？"江晓宇不无恐惧地叫喊。

"晓宇，不要恐慌！"他听见了麦克斯的声音。

"麦克斯，是你！你在哪里？"他惊喜地回应。

"我就在你身边。"

话音刚落，麦克斯就站在了江晓宇眼前，T恤短裤沙滩鞋，一身随意休闲的打扮。他站在荒野般的飞船表面，缓步行走，仿佛正在沙滩上漫步。

这只是一个影像，只不过看上去像是真的。

"其实我并不存在，我只是让你看见。"麦克斯说。

"这是怎么回事？"

"作为地球人的麦克斯已经死了，我是新生的一个。你可以叫我麦克斯，但其实这已经不再是我的名字。我没有名字。"

麦克斯死了，然而他以一种全新的方式存在。江晓宇想起了自己所看见的那雕塑一般的麦克斯，此刻在眼前的形象，栩栩如生，很难让人相信那是死去的一个亡灵。

"麦克斯是怎么死的？"江晓宇问。向着麦克斯的形体问这样一个问题显得有些奇怪，然而无论如何，他必须清楚地知道问题的答案。他知道，地球上有无数的人，都会问这个问题。

"死亡不过是一次长眠，是时间的凝结。生者跨过时间之门，便失去了生命，转而不朽，和我们在一起。"麦克斯转身看着他，身上忽然换了一套衣服，是一身合体的西服正装。江晓宇从未见过麦克斯穿这样正式的服装，看上去英俊得有点过分。麦克斯绝不会允许自己穿成这样，那比杀了他还难受。江晓宇终

于相信，眼前的人，真的不是麦克斯。

"你觉得这样的一个形象，地球人会更容易接受吗？"麦克斯笑着问。

"你要做什么？"

"发表一个演说。"

"什么演说？"

"既然造访了地球，总要和主人打声招呼。"

"为什么不用你自己的形象？"

"我们没有形象。任何形象都是我们的形象。采用地球人的样子很不错，可以拉近亲近感，不会引起恐慌，就像你的反应一样。"

"麦克斯……你，你们究竟从哪里来？"

"遥远的星云间，昏暗的恒星老去。最初的起点，失落在星辰之间，那是看不见的星球，不存在的过去。没有过去，无关未来，只有漂泊永恒。"麦克斯念出一段悼亡歌一般的回答。

这不是一场势均力敌的对话。江晓宇感到自己软弱无力，然而还是硬着头皮问下去。

"你们为什么会到地球来？"

"所有进入太空的文明都值得探访，你们发出了信号，我们就来了。"

"什么信号?"

"在过去十个地球年内,按照遮掩恒星的光量计算,地球的体积增大了百分之七十。这是星际文明萌芽的显著标志。"

"光量?"江晓宇有几分疑惑,随即恍然大悟,"你说的是地球之翼!"当地球之翼展开,从远离太阳的方向观察,地球之翼阻挡了太阳辐射,就像地球的体积增大了许多。是啊,茫茫宇宙间,无论飞船还是卫星,都无法跨越遥远光年的距离被人观察到,如果真的要让外界观察到文明的存在,只有那些行星级的太空工程。为了获取太阳的能量,人类向宇宙宣告了自己的存在。

"是的,你们的地球之翼。它阻挡恒星的光芒,就是我们等待已久的信号。欢迎跨入星星之间,人类!"

人类从来没有觉察外星人存在的迹象,然而外星人就在那里,一直在等待。十个地球年,在宇宙间不过是一瞬间,它们一定等待了许久。

"你们一直在等着地球的信号?"

"不。"麦克斯干脆利落地回答,"我们在等待自然的馈赠。"

"什么?"

"没有任何星球值得特别期待,时间会让星球开出生命之花，结出文明之果。我们监测整个银河，等待自然给予我们她的馈赠。"

"监测整个银河？"

"在十亿三千万地球年之前，银河监测网络完成，此后每一颗可能诞生生命的星球都在监控之中，包括地球。"

"一旦发现星球进入星际文明，你们就去收割？"江晓宇想起了那些奇奇怪怪的生物，它们的命运和麦克斯一样，它们一定来自那些像地球一样萌发了星际文明的星球，然后被这神秘的外星文明所捕捉。

"我们提供帮助。来吧，晓宇，让我告诉我们会做些什么。"麦克斯向着一旁走去，随着他的移动，江晓宇看见了一颗白色的星球。在木星庞大的体积映衬下，显得微不足道。

木卫二！一颗冰封的卫星，拥有大气，冰层深处或许还有海洋。

"这是适合人类建立前哨的星球，如果人类的太空梦想不中断，再有十几年你们就能在这星球上建设基地。"麦克斯站住，面对着江晓宇，头顶正好是木卫二，"人类的发展有些特殊，多数文明在开始拦截恒星光芒之前，早已经在星系内建设了一个或几个像样的前哨基地。人类还没有建设前哨基地，就开始拦截恒星能量，这让人类文明的宇航能力还不能达标。既然这样，那么我们来帮忙。我们会把一艘飞船放置在这个星球上，等待你们来取。它是空的。按照地球人的智力标准，可以装载六百亿地球人。当然，会有些小小的难度，它会被埋在两千米的冰层下。这是一个小小的考验。"

"六百亿地球人？我不是很明白。"江晓宇望着那颗发出惨白光芒的星球，感到一丝困惑。一艘小小的飞船能装载六百亿地球人，这不符合常识。哪怕把木卫二改造成适合居住的星球，也不可能承载这么多人口。

"六百亿，和我一样的人。"麦克斯张开双手，"真正的智慧生命不需要躯体。"

"你是说成为虚拟存在。"江晓宇明白了对方在说什么，"这么说，你们都是虚拟存在。"

"虚拟这个词用得并不好，存在就是存在，存在就是实体。一旦人类能抵达木卫二把它从冰层下取出，它就是为人类准备的宇宙方舟。"

"这艘船，我们所在的这艘船……也是方舟？"

"这艘船上有六十五亿的个体，来自三十四个文明，你看到那些小小的光点，每一个都代表着一个自我。其中一个来自地球，那就是我。所以我记得你，晓宇。"

"麦克斯！"江晓宇喊了一声。

"我不再是你所知道的那个麦克斯了。我来自地球，但是和六十五亿个同伴相处很愉快，他们分享记忆给我，那是在地球上生活一亿年也无法经历的事。所以我更多是另一个个体。当然我记得你，晓宇，我是你的buddy，要照顾你。也别担心我，我会存在于银河之间，和星辰同在，没有比这更好了。"

"麦克斯！"

"我会送你回去的，我们会送你回去的。"麦克斯一本正经地看着江晓宇，"闭上眼睛，然后一切都会结束。"

江晓宇眨了眨眼。忽然感觉眼皮沉重得像铅块，他挣扎着睁开眼，麦克斯已经不知所踪，头顶上方，木星大红斑开始加速旋转，越转越快，最后成了无法分辨的彩色晕圈，变得一片模糊。

世界混沌无边。

混沌之中，鲜花怒放。

江晓宇没有想到，自己能和这么多国家领导面对面坐着。林主席就在他对面，在场的人有李甲利老师，高大力站长，还有经常在电视上露面的几个国家领导人，另外还有穿着航天局制服的人，穿着军队制服的人……这几乎是国家的整个最高层。他们都坐在林主席身旁或者身后，还有几个就在一旁站着。

江晓宇在桌子的一旁，所有其他人在桌子的另一旁。这是一种可怕的压力，让他感觉自己像是一个被审讯的罪犯。

但至少所有人的态度都是友好的。他用了两个小时，讲述从天宫七号离开之后发生的一切，并接受询问。

到底麦克斯有没有死；木卫二上的确有飞船吗；那封闭了麦克斯的时空门有什么细节；所谓的银河侦测网络是怎么回事……这些问题他也无法回答，只能把自己的所见如实说出。

两个小时后，在场的人再也问不出问题。

全场沉默，只有坐在一旁的老教授兀自在喃喃自语，"这不可能，边界条件只能导致发散……"那是钱伯君教授，当江晓宇确认外星飞船的确出现在木星轨道后就开始出神恍惚，进入了忘我的精神世界。

当钱老的声音也沉默下去，偌大的会议室变得一片寂静。

大家都在等着最有分量的人物发言。

林主席终于开口了，"大家都散了吧，十分钟后开常委会。"

人们纷纷起身，走出会议室去。

江晓宇跨过高高的门槛，走下台阶，站在街边广场上。不知道为什么，仿佛心头卸下了一块巨大的石头，他抬头长出一口气。

天空中，地球之翼如同一弯白玉，在蓝色的天空中清晰可见。

就在那里吧！江晓宇向着天空默念，仿佛会有谁在冥冥中倾听。

他想起了分手时李甲利老师对他说的话："我们不相信有外星人，才全力建设天空电站，结果居然把外星人招来了。冥冥之中，自有天意啊！"

是的，冥冥之中，自有天意。木卫二的冰层之下，方舟沉睡，人类会登上这颗小小的卫星，得到这来自宇宙深处的珍贵礼物，那将是对全人类的一次洗礼，人类将飞出太阳系，去会合那已经存在了亿万年的智慧。然而对他来说，还有更多的一层意义。

他说出所见所闻的一切，只保留了最后那个亦真亦幻的梦，谁都没有告诉。

茫茫宇宙间，繁星点点，恒星汇聚成星系，星系汇聚成银河，银河盘旋，仿佛漩涡。文明之花盛开凋谢，唯有星辰永恒，自由的生命在银河间徜徉，思考关于宇宙和生命的一切。它们像是种子，不断吸收银河中萌发的文明，积聚力量。文明像野草，野蛮生长，却蕴藏着无穷的生命力，那正是种子所需要的东西。

江晓宇不知道种子最后会成长成什么，但他知道亿万年时间的等待，最后总会有一个结果。终有一天，它将找到最后的答案，成为银河间最伟大的存在。所有的智慧生命，都将是那伟大的一部分。

依稀中，江晓宇仿佛觉得自己长出了翅膀，如鹰一般在广阔无垠的星空中自在翱翔。

世界变得一片混沌，什么都看不清。

混沌之中，鲜花怒放。

麦克斯站立花瓣之上，轻轻一跃，从一片花瓣的瓣尖跳到了另一片花瓣的瓣尖上。

"该你了，晓宇！"麦克斯回过头来，微微一笑。

时 空 追 缉

"这个任务很艰巨，你想一想再回答我。"总长坐在宽大的皮椅上，整个人陷在里边，他正望着马力七十五，细小的眼睛眯成缝，几乎看不见他的眼睛。然而马力七十五知道他正盯着自己。

马力七十五眨眨眼，"我想过了。我会去的。"

"好。"总长站起身，他绕过办公桌，走到马力七十五面前。总长的身体很高大，让人有一种威压感，他认真地盯着马力七十五，突然转身，走过去关上门。透过玻璃，上百名警员正忙忙碌碌。总长注视着这一切。他没有回头，突然开口说话："马力，你是最好的警员。坦白地说，我不希望派你去执行这个任务。"

马力七十五默默地听着。

"但是，我们需要一个交代。"总长转过身，正对着马力七十五，"你了解卡洛特，他是个危险人物。"

"是的，他的确非常危险。"

"而且非常嚣张。"总长踱步回到大方桌后边，再次陷落在椅子里，他重重呼出一口气，"如果他偷偷地潜逃，那也就算了，我们管不了那么多。但是他居然把这个消息送到新都会，还有大大小小二十多家媒体，进行现场直播。现在这个事，连总统的新闻发布会都在谈，你知道我的压力会有多大。"

"我明白。"马力七十五简短地回答。

"好的。他是匪徒，你是英雄，你要去追缉他。而且要有和他一样的排场。"

马力七十五不禁微笑——多年以来，卡洛特一直生活奢靡，出入各种高档场所，挥霍他那些来路不正却没人能指证的钱，他也捐赈大量的钱，从街头的流浪儿到天穹星的开发，事无大小，他几乎都会以一个慈善家的身份参与，赢得无数的闪光灯和掌声，至于那些展示学识和优雅的艺术沙龙，他们都以卡洛特能够参与其中为荣。卡洛特其人，就是排场的代名词。马力七十五，则是一个秘密警察，一个低调、隐忍、办事规矩的政府雇员，和排场绝不搭调。

"我们会给你五星勋章，总统会亲自把勋章给你戴上，表彰你五年来兢兢业业，搜罗卡洛特的犯罪证据。然后你会有一艘最了不起的飞船。双子星号。和那个该死的贼偷走的同样型号，他偷走的 只是原型机，你的飞船是改进型。而你，我会当众宣布，你是我们最杰出的探员，你经手的大案子会全部公之于众，人们会知道你是多么了不起的人物。"

总长站起身，双手撑着桌面，身子前倾，"你会成为历史人物，马力七十五。一个人一生能得到的最大的荣誉，你会在三天内全部得到。"

马力七十五点点头，"我明白，总长。我会去的，但是有一个小小的要求。"

"哦？"总长有些意外，他第一次听到自己属下的秘密警察会提出要求，然而他爽快地答应下来，"你说。只要能办到。"

"我走之后，希望得到一笔钱，数目大到足够一个人体面地过完一辈子，存入瑞士金行指定户头。"

"我给你三百万。这笔钱的每年的利息足够维持一个人的日常开销。另外，十年之内，每年追加通货膨胀补偿。"总长飞快地开出价码。

"谢谢。"马力七十五点点头，"新闻发布会现场，我会打电话去瑞士金行的保密顾问，确认钱是不是到账。"

"你这是不相信我。"总长微微有些不快。

"对不起，总长，你可以理解这点。干我们这一行，不能相信任何口头承诺。"

"好吧。你说得对。"总长坐下来，十指交错，"我们认识很久了，一直合作很愉快。钱我会确保到账，但是我需要知道这钱的用途。"

"我认识一个女孩子，这钱是给她的。"

"女孩子？你不是开玩笑？所有的 AAA 级探员都经过记忆清洗，不会记得任何关于私人的秘密。"

"是的，但是我还记得。"

"哦。"总长挤出额头的皱纹。这是一个重大失误。一个 AAA 级探员，从事秘密警察长达二十年的高级警探，居然宣称他还记得一个女子。他无法相信这样的事。但是马力七十五就站在眼前，亲口说出这样的话。这是重大的纪律问题。不过这样也好，马力七十五注定会全力以赴。

"好吧。"总长最后说，"既然这样，我不多问。钱会到账。你会成为我们的英雄，对吗？"

"我明白。"马力七十五点点头。

永别了！我的世界。马力七十五内心默念。台面上，总统站在他的左边，对着台下展露标志性的笑容；空间安全委员会总长站在他右边，军服笔挺，神色严肃。台下热烈的欢呼声此起彼伏，总长安排的几个暗桩恰到好处地掀起了人们对马力七十五献身精神的无比崇敬，他们热烈地呼叫着马力七十五的名字，用各种赞美来描述他。

总长兑现了他的承诺，三百万已经在账户里。钱进了瑞士金行，除了约定的身份认证，没有任何办法取出。

马力七十五举手让大家安静。

偌大的会场很快沉静下来。

"我……"马力七十五清清嗓子，"我知道卡洛特，他很聪明，狡猾，使用各种手段窃取大量的财产。"现场响起一阵议论，马力七十五不得不提高声音，"但是，正义的力量更强大，我们掌握所有的犯罪证据，提起公诉，并且挽回了所有能够挽回的损失。他被缺席审判无期徒刑。现在要做的唯一一件事就是把他绳之以法。这正是我要做的。"

"我将跟踪他的轨道痕迹，进入时间螺旋区，在他自以为摆脱了法律的时刻出现在他面前，控诉他，逮捕他。"

"任何人，任何人，只要他犯了罪，就要受到法律的惩罚，绝无例外。"

现场响起猛烈的掌声。

"请问,马力先生,据说卡洛特逃到了三百年后,我们连三百年后的地球是什么样子都不知道,怎么保证对他的裁决一定会得到执行?"有人在人群中问。

"是的,我们不知道三百年后的地球会怎么样,但是,马力七十五会知道,不管那世界是怎么样的,马力七十五都会找到卡洛特,把他绳之以法。"总长接过了这个问题,"卡洛特已经跑了,对这个世界,他再也没有任何影响,但是我们不能放任他,马力七十五会代表正义对他执行判决。"

"太空泛了,你永远不可能监禁他。你没办法阻止他逃跑。"还是那个声音。

马力七十五循声望去,他看见一个亭亭玉立的身影,白色套装,头发盘成高高的发髻。虽然隔得很远,他还是看见发髻上晶莹的钗子,仿佛紫色的水晶。这样的发饰不多见。她讥讽似的盯着马力,似乎在向他挑战。

"我会找到办法。我可以用一艘飞船把他终生流放。或者请那时的政府协助,把他监禁。办法有很多,你完全可以相信我。"

总统接过话头,"这位女士,我们的司法部门已经达成一致意见,对于这种试图通过时间螺旋来逃避法律制裁的行为。政府将保留追诉权，对他的控诉永远不会过期，哪怕到三百年以后。只要马力警探跟随他，找到他，他就必须接受法律制裁。另外，时空机器的使用将受到政府的严格监控。除了政府特许机构，任何机构不得从事相关研究和试验。这将有效地防范类似事件发生。"

总统话音刚落，半空中传来嘶嘶的声响，全场变得很安静。

时刻到了。在巨大的电磁扭力作用下，时间螺旋区已经形成。苍穹上仿佛打开一道深黑的口子，深不见底。双子星号正以反重力姿态悬停在深渊边缘。

"通道已经打开。马力警探即将出发去完成他的伟大使命。"总统带头鼓起掌来。在热烈的掌声中，马力七十五走过红地毯，走向穿梭机。他在登机舷梯上回过头，向着人群挥挥手。

穿梭机飞升起来，它向着双子星号靠拢，最后对接在一起。一刻钟之后，穿梭机脱离。

双子星号静静地等待着最后的信号。深空研究所的专家们正紧张地核对轨迹，确保马力七十五能够跟上卡洛特而不是去到一个错误的时空。

人们看见双子星发出炫目的红光。整个飞船仿佛化作一道光射入黑色深渊中。黑色深渊顷刻间消失。

三百二十四年又七个月三天三小时四十五分。仪器上显示这样的时间，双子星号把马力七十五带到了三百多年后的空间。

然而仿佛任何事都没有发生过，马力七十五没有感觉到任何异样。

很快，他意识到严峻的考验——他不在地球上。空旷的宇宙空间，这就是双子星的处境。马力七十五找到了太阳。太阳仿佛一个小小的光斑，在远方闪耀。这里甚至不是地球轨道，他距离太阳七十四亿公里。在一瞬间，马力七十五死了心。这不是他能够执行任务的地方。按照这样的距离，双子星需要三十年的时间才能抵达地球，那个时候，他早就成了干瘪的尸体。这是纯粹的送死。

但是他很快找到了目标。卡洛特的飞船，奥德赛号，就在不远的地方，距离七十七万公里。深空研究所的专家在这一点上没有让人失望，他们不知道会把马力七十五抛到什么地方去，但是他们知道马力七十五一定在卡洛特附近。当然马力七十五并没有主动发现卡洛特，而是卡洛特发现了他。他正向马力七十五发送信号，马力七十五接受了通信请求。

"哈。我的老朋友，很高兴又见到你。"屏幕上卡洛特的样子很乐观。

"卡洛特，你的判决已经下达。我奉命来逮捕你。"

"别开玩笑了。这里什么都没有，除了你和我。你不可能逮捕我。"卡洛特得意地眨眨眼。

"我会抓到你的。"马力七十五面无表情。

"好吧，欢迎进行一次冥王星大追捕。"卡洛特耸耸肩，做出一个无可奈何的表示，"来吧，我等着你。"

虽然这行为看起来好像很蠢，马力七十五还是指令飞船向奥德赛靠拢，除此之外他无事可做。

卡洛特没有说错，他们的确在冥王星轨道附近，而且是在这个著名矮行星椭圆轨道的远端，此刻，冥王星正在轨道的另一端，需要过一百多年才会来到这儿。所以此刻没有任何热闹可看。

马力收到一些微弱的广播信号，隐隐约约，似乎是一场战争。然后，他了解到一队飞船正在飞向冥王星。他们计划在这个星球上建立基地，建造核电站，供给下一个太阳系外的探险计划。当然，他们还需要十多年才能抵达。然后再有七八十年的时间，才能到达马力七十五的位置。

七十七万公里的旅程需要耗时三天，很无聊。马力七十五除了吃，就是睡。卡洛特也没有再找过他。然而奥德赛号一直停留在那里，等着马力。远离太阳的空间辐射并不强烈，马力七十五打开了舷窗，直接用肉眼观察这个世界。每一颗星星都很明亮，璀璨满天，比地球上最壮观的星空还要壮观一万倍，太阳的光亮却很柔弱，仿佛蜡烛的灯火。他望向奥德赛号的方向，一团漆黑，奥德赛号隐藏在黑暗中。

我会死在这里，让双子星把尸体带回地球。马力七十五想。至少，那些地球上的人们会发现他，通过双子星的记录，他们会了解到他忠诚地履行了自己的职责。是的，他会留下遗言，让那些发现他的人们把他带回新都市城安葬。那里是他出发的地方，也应该是他的归宿。

一阵信号打断了马力七十五的胡思乱想，卡洛特再次找上门来。

"反正我也很无聊。你还有一会儿才能到，不如我们聊聊天。"他开门见山。

马力七十五不置可否。

"你为什么要追来呢？你永远不能回溯时间，你会失去一切。"

"从来没有一个罪犯从我手里逃走。"

"原来是崇高的职业精神。"

"不，是正义。"

"正义？你代表正义？"卡洛特做出夸张的表情，仿佛非常惊讶。

马力七十五不动声色。

卡洛特的表情放松下来，"好吧，你太缺乏幽默细胞了。正义先生，从五年前开始，我每年资助超过六千名困难学生，让成千上万的流浪儿得到温暖的家，赈济了无数灾民，捐助两个最前沿也最接近关门的实验室，就连宇航局的大门上都刻着我的名字，因为没有我，他们就缺少足够的资金把大批的人送到火星去……你肯定已经清点过我犯下多少罪行，但是如果你清点一下我带给人们的好处，这个清单会比你手头上的那个长得多……"卡洛特仿佛连珠炮般滔滔不绝，马力七十五只是听着。

终于卡洛特停了下来，他静静地望着马力七十五。马力七十五同样望着他。

终于卡洛特开口了："你认为我说得对吗？"

"你是贼，我是警察。"马力七十五说。

"哈哈哈哈哈……"卡洛特狂笑起来，"贼……哈哈哈哈哈……"他笑得上气不接下气。

卡洛特终于缓过劲来，他说：“我们还有六千公里的距离。这不算太远，你很快就能追上我。一旦你追上我，你打算怎么做？”

“想办法抓住你。”

“这么说我最好还是小心点。”卡洛特一本正经地说，“我要逃了。”

“我会跟着你。”

“小心点，别跟丢了。”卡洛特露出一丝不怀好意的笑。突然间，图像消失，紧接着，奥德赛号的信号也失去踪影。

马力七十五在一瞬间明白过来——卡洛特再次进行了跳跃。

这不可能！没有深空研究所的那些专家打开时间螺旋，飞船无法穿越时光。马力七十五感到一阵惶恐。

然而问题很快解决了。双子星号收到了来自奥德赛最后的信息。信息中包括单船跳跃手册，这本手册马力七十五从来没有见到过。然而根据双子星号主机的验证，完全可行。另外，还有一组跳跃参数。根据这些参数，双子星可以去到另一个时空——谁也不知道卡洛特是不是真的等在那儿，还是设计了一个骗局。

马力七十五命令双子星根据参数进行单船跳跃。

别无选择。马力七十五遗憾地想。他望了望太阳。太阳就像一点烛光，暗淡无光。转眼间，这光亮消失掉。仪器上的时间变成了三千六百七十七年又八个月四天八小时八分。

　　这一次的情况更糟糕。马力七十五完全不知道自己身在何处。星星有很多，然而没有太阳。双子星号脱离了太阳系，迷失在群星中。

　　卡洛特没有骗人，他的确也在这里，距离只有两万公里。

　　"哈，正义马力，你居然花了三个小时才搞定。我是不是有些高估你了？"

　　"为什么要到这里来？"

　　"没什么，我只是逃跑，逃跑哪能顾得上想清楚为什么。"

　　马力七十五有一种被愚弄的感觉。卡洛特可以轻而易举地摆脱他，却还是让他跟到这里。

　　"飞船怎么能进行单船跳跃？"

　　"设计如此。很高兴它能正常工作，否则我们就直接去见上帝了。"

　　"我们在哪里？"

　　"谁知道呢！这件事要怪你，如果不是你逼我，我也不用匆匆匆忙忙出发。至少我可以等到目标定位比较准确一点。"

"什么意思？"

"这飞船能够精确地控制时间，但是没法控制地点，跨越时间越长，误差越大，现在谁都不知道我们在什么地方。"

"那就是说你给自己选择了死路？"

"死路？说得不错，我肯定是会死的。这样的死法比较浪漫，所以我来了。问题是你为什么要跟来，难道他们没告诉你这是死路？"

马力七十五没有应声，他们当然知道这个，只不过他们更需要一个勇敢的英雄。马力七十五心存侥幸，也许事情不会那么糟糕，然而事实已经告诉他，这就是死路。

"我说过，我来抓你。"

"好吧，正义先生。我可是经过慎重考虑才这么做的，虽然空间定位不准，但是它可以帮助我不断跨越时间，当然最好能在地球上，可是我想过，几百几千几万年以后，地球只是一个小地方，我随便落在银河的哪个角落都可以。人真是奇怪，你们想把我关到监狱里去，限制我的自由，现在我自己踏上死路，你们却一定要派个人跟着来。这样也好，至少有人可以和我分享这最后的旅行。"

"你到底想做什么？"

"我想旅行到世界末日。"卡洛特哈哈大笑，"我知道你在查我。如果我愿意，只要打几个电话，你就没办法查得下去，甚至更糟糕，你明白我的意思。但是我没兴趣为难你，于是跑了，但是没想到你居然喜欢为难自己，跟着我来。"

双子星号继续靠近奥德赛，马力七十五发现有两个物体正靠近奥德赛，他想了想，决定暂时不告诉卡洛特。他继续和卡洛特谈话，关于这个案子，的确有些地方仍旧模糊，他也想弄明白。

"你有很多眼线。"

"是的。"卡洛特很坦白，"你很想聊聊这些，是吗？"

"随便你。"

"现在我们两个相依为命，这些往事——这些三千多年前的往事也无所谓。我就告诉你好了。捡最重要的说，你的起诉书里最大的罪名是盗用一万七百六十五个亿的资金，从共同基金利用非法手段转移到个人账户。这七百六十五个亿我都送给政府了，每一笔钱都有一个明确的记录，每一笔钱的接受者对那个神秘的捐款人都异常感激，他们非常乐意提供某些方便。所以，就像你所说的，如果愿意，我可以有很多眼线。"

"你在贿赂政府。"马力七十五对此早有预料，只是他一直没有找到明确的证据，他希望卡洛特归案之后，能够找到更多的线索，没料到卡洛特却选择了这种史无前例的逃跑方式。

"哦。我只是把钱从一个人的口袋转移到大众福利上去。如果不能兑现财富，钱也就没什么用。我只是让它发挥自己应该有的功能而已。"

卡洛特用奇怪的理论来为自己辩护，说起来仿佛头头是道。是的，共同基金太庞大了，按照市值计算，它可以买下整个地球上的所有产业，包括六十五亿人口——假设平均一个人价值三百万。这庞大的基金被不超过三千人拥有。

卡洛特眨眨眼："你知道为什么我给政府好处，秘密警察却要追查我？起诉我？"

"为什么？"

"因为共同基金养着你们。那些穷得叮当响的政府机构当然也拿钱，但是不多，也就够混口饭吃，所以他们从我这里拿到天文数字的钱高兴得不得了。但是对秘密警察，我甚至没办法把钱给出去，他们对此严加防范。"

突然间，卡洛特的图像抖动起来，两个小点加速向他靠拢。

"怎么回事？"卡洛特有些吃惊，但没有慌乱。

“有两艘飞船正向你靠拢，可能你是他们的猎物。”马力七十五平静地说。

“真的？”卡洛特扬了扬眉毛。

马力七十五点点头，信号变得一片混乱，很快中断，然而马力七十五还是听清了卡洛特最后一句话：“它们也在向你靠拢。”

卡洛特没有胡说，双子星号完全不能动弹。

马力七十五第一次近距离看到卡洛特。他的脸型尖瘦，眉毛浓黑，眼睛的轮廓很大，胡子很浓密，典型的络腮胡。他和马力七十五对视着。他看上去并没有什么威胁。但是马力七十五提醒自己，就是这个人制造了有史以来最大的窃案，他是最狡猾最无耻最危险的罪犯。

一道舱门把他们俩封闭起来。空间狭小，他们不得不脸对脸坐着，相距不过半米。

“我这辈子第一次成了囚犯。我想你也是。”

马力七十五没有应声。

“虽然我们彼此讨厌，但是此刻没必要相互对抗。我们有共同的敌人。你不会想这个时候把我捉拿归案吧？”

“你是贼，我是警察。但现在我们都是囚犯。”

"这样就好。至少你还有点明白事理。"卡洛特伸一个懒腰，他的头碰到了天花板，"真是见鬼，这地方不适合生存。"

突然眼前一亮，门打开。两个人站在卡洛特和马力七十五面前。

他们身材矮小，几乎只有正常人的一半，头大身子小，看起来像是孩子。

"你跟我们来。"其中一个示意马力七十五。他们居然说地球语。

马力在忐忑不安中弓着身子钻出门去。他站直身体，几乎能顶到天花板。门迅速关上。

"跟着我走。"一个矮人说完在前边领路。马力顺从地跟着他。另一个矮人在后边看着他。

他们顺着走道走了将近十多米远，然后转入一条更宽敞的通道，一直走到底，是一扇舱门。一路上很单调，除了金属，就是发出微弱蓝色光线的线状体。马力七十五能听见自己的脚步声，却听不到两个矮人的任何动静。他们仿佛轻巧的猫，走起路来悄无声息。

矮人打开舱门。那么一刹那，马力七十五从内心发出由衷的赞叹。浑圆的穹顶发出柔和而敞亮的光，延伸出上千米远，几乎望不到尽头。无尽的天穹下，到处是碧绿的草地和各式各样的漂亮建筑，间或有成片的森林。许多矮人在草地上玩耍，追逐嬉闹，甚至还有人在放风筝。马力七十五仿佛回到了新都会的中央公园。

"快下来。"一个矮人催促他。舱门打开在半空中，一道梯子沿着舱壁通向地面。马力七十五再看了一眼眼前的景象，跟着矮人下了楼梯。他们进入地下。

"地下"完全是另一番景象，很暗，只有几处灯光。其中一处聚集着许多人，似乎正在进行会议。

马力七十五来到这群人面前。他们有三十七个，都坐在宽大的扶手椅上，大致排列成半圆形。马力七十五就是那个圆心。马力七十五对这样的阵势很熟悉，秘密警察的法庭通常都是这样的布置，据说这样的布置能够让犯人从潜意识里放弃抵抗。他注意到正中央的那个人。毫无疑问，他就是最重要的人物，他不仅有一个比其他人更大的头颅，也有一个庞大的身躯，马力七十五估计他的体型是其他人的两倍以上。

"原人八八九号。马力七十五。秘密警察。为了缉拿逃犯卡洛特·修而进入时空隧道。这是第一次有目的的空间跳跃，被看作对于罪犯空间逃逸的严正否定。在跳跃当日被授予紫金勋章，

"后来收入标准百科全书，被追认为英雄，冥王星轨道六百五十七号纪念石。"左边的一个矮人起身，说了一段话。

"你说什么？纪念石？那是什么？"马力七十五问。

"原人，请不要打断陈述。如果你有疑问，我们可以在最后解答。"正中央的大人物这样回复马力七十五。

"他在历史上的最后时刻是新纪元前一千六百五十四年，距今三千六百七十四年。作为一个影响广泛的原人，他拥有大量的拥趸，许多独立太空船都以马力七十五命名……"陈述人滔滔不绝，马力七十五惊疑不定地听着，这些他所不知道的历史听起来很有趣，也很难想象。我是一个历史人物。马力七十五感到这简直像个童话。

突然大人物的一句话震惊了他，"看起来我们找到一个大人物，可惜他还活着。"

马力七十五警惕地盯着大人物，"你想我死掉？为什么？"

"别紧张，原人。我来介绍一下我们。我们是搜寻者。搜集一切人类遗失在宇宙里的东西，飞船、飞行器、太空城，当然还有原人。当然我们并不期望搜集活着的原人，通常情况下，我们所见的都是尸体。一旦验证身份，我们就可以获得属于他的财产，这就是我们最主要的收入来源。但是如果原人还活着，那么他当然拥有自己的财产，而我们就得不到。你是我们第一次碰到活着的原人。"

马力七十五更加紧张，"那么你打算杀死我？"

"杀死你？为什么？"大人物感到有些奇怪。

马力七十五耸耸肩。

"你是说杀死你，然后我们冒充获得你的财产？这是多么邪恶的想法。"大人物哈哈大笑起来，"据说原人都有自私、邪恶的心理，看起来是真的。你们彼此残杀吗？"他很好奇地看着马力七十五。

马力七十五不知道怎么样回答这样的幼稚问题。这算是进化还是退化？但他们并不打算杀死他，这无论如何是个好消息。

"不。"最后他说，"我们只把罪犯缉捕归案。"

"罪犯。是的，你的记录里边有这样的说法，你是为了一个叫卡洛特的罪犯才进入时空螺旋。这么说那个和你在一起的原人就是卡洛特。"

马力七十五没有回应，这些人能认出他，却不认识卡洛特。看起来时间最喜欢给人开玩笑，曾经最风光的人默默无闻，而曾经不名一文的却成了光荣的历史人物，名字被刻在石头上，绕着太阳旋转，直到永恒。

"如果你不愿意回答，没关系。我们检查了基因数据库，没有这个人的资料，他对我们毫无价值。"

"你们会怎么处置他？"

"处置？照理说我们应该向你们道歉才对，但是搜寻者从不道歉。你们的飞船会被恢复原状，你们会回到飞船上。之所以请你到这里，因为另有一个小小的问题。"

大人物看着马力七十五，"中央数据库显示在你的名下拥有大量财产，如果没有你的身份确认，这些财产将一直沉淀。如果要取出财产，需要去诺伊斯五号星通过身份 鉴定。鉴于你的飞船根本不可能飞向诺伊斯五号，我们给你提供一个方案：我们会带你过去并帮你完成整个过程，但是你必须给我们财产的一半。这是一笔巨额财产。"

"巨额财产？有多少？"

"至少可以让我们的人十年间衣食无忧。"

"我怎么会有这笔钱？"

"这不是我们关心的事。可能很久之前，你留下了一笔钱，或者是某个机构给你的捐助。或者某个人擅作主张，把你的钱进行投资结果得到了上帝保佑。三千多年过去了，什么可能性都有。现实状态就是你拥有这笔钱，而我们能帮你取出来。"

马力七十五终于明白了这些人想做什么。尽管事情有些出人意料，这不算什么坏事，而且看起来这些人都是君子，正派得让人不敢相信。

"让我考虑一下。"

大人物点点头，"好的，你可以有三天时间考虑。"

"和我在一起的那个人，你们还会把我们关在一起？"

"他的飞船将在十六个小时内清理完毕，他会回到飞船上。"

"能留下他和我在一起吗？"

"不，我们没法长时间限制人身自由。这违反星际航行法。如果他自愿留下，那是另一回事。但是我们并不喜欢原人巨大的躯体，这让我们很为难。"

"如果我付钱呢？"

大人物第一次皱起眉头，"交易不能涉及人身。人身自由只能在必要情况下进行限制。对于你的想法，我们不欢迎。"

"好吧。对不起。"马力七十五说。

他被送回了囚室。

卡洛特几乎在狂笑。过了很久一段时间，他才能停下来，"这真是我见过的最荒诞的事。"

他突然间变得一本正经，"不过，说真的，你打算怎么处理你的财产？"

"我还在考虑。"

"你有足够的时间考虑。这倒是很不错的买卖，你追踪我到了三千年以后，变成一个富翁，享受未来的豪华生活。"

"我是来追捕你的。"

"是的。不过很快就不是了。"卡洛特笑眯眯地看着马力七十五，"你知道我有多悲惨，不名一文，没有亲人，没有朋友，没有钱，就连这些捡垃圾的都不拿我当回事。我给自己判了无限期流放，注定在卑微和孤独中带着悔恨死去，这还不够吗？"

马力七十五看着他笑眯眯的脸，"别耍花招，我一定会逮捕你。"

卡洛特收起笑容，"说真的，你可以选择跟这些侏儒一起走。明天他们放了我，我就会继续向前，沿着时间之河顺流而下。前边什么都没有，你可以预计到这点。所以，是时候选择回头了。对，你没法回头，既然跟到了这里，那就停下吧。"

马力七十五没有回答他，沉默了半晌，他突然问："你为什么这么做？"

卡洛特已经躺在床上假装入睡，听到这个问题他睁开眼睛，直直地盯着天花板，"这个问题我已经告诉你了，我想旅行到宇宙的尽头。"

"为什么呢？"

"这难道不是一次壮举吗？"卡洛特反问。

"壮举？你就是这么定义你的行为？"

"当然，你可以定义这个为疯狂，逃跑，犯罪。但对我来说这是壮举。"

"这么说你的罪行当然也是壮举。"

"是的。"卡洛特干脆利落地回答，他起身坐着，"你听过一句话吗？他人即地狱。我一定是你的地狱，不过我也是很多人的天堂。"

"天堂？"

"嗯，做到想要做到的事，达成心愿。没有我，你不可能飞到这里来，这种时空飞船根本不可能被开发出来。你回去可以在双子星的主机上输入这个问题：谁是上帝。你会得到一个确定答案：西莫夫，他赞助了所有研究活动，并且没有任何附加条件。当然作为一点回报，他们很愿意满足我的心愿：成为第一个试验者。"

西莫夫是卡洛特的一个化名。马力七十五掌握这一点，他冷冷地讽刺，"这么说你并不是策划逃跑，而是在帮助科学试验。"

卡洛特做出一个无可奈何的表情，"他人即地狱，我希望你理解了这句话。到此为止吧，很遗憾把你卷进来，不过，这样的结局也不算最糟糕。"

卡洛特躺倒就睡，这一次他真的睡着了，发出均匀而细微的鼾声。

马力七十五辗转反侧，他不知道是不是应该到此为止。富豪的生活他从未尝试，也许他应该放松自己，去享受一下未来？

卡洛特被送上奥德赛号。马力七十五跟着他。

"好了，到此为止。"卡洛特站在舱门边，"很高兴你陪了我一程。接下来，我要独自逃亡了。"他眨眨眼，"好好享受生活吧。"

他挥挥手，走进去，马力七十五喊住他，"卡洛特，我会履行职责。"

卡洛特停下脚步，转过身，露出一个微笑，突然他的眼神凝结在马力七十五身后，那里有某样东西攫取了他的注意力。

马力七十五回过身，那是一个巨大的屏幕，屏幕上是星图。

星空璀璨，耀眼夺目。

"嗨，小个子，你能告诉我哪个是太阳吗？"

负责引导他们的矮人摇摇头，"我不认识星图，不过，这里是初始探索区，距离太阳应该不远。"

"真遗憾。不过看来我还没离家太远。"他看着马力七十五，"马上就要远远离开了。"

说完他走进了奥德赛号。舱门关上。

马力七十五转头看着矮人，"送我上船吧，谢谢！"

另一个舱门打开，这是双子星号。马力七十五走进飞船。

两艘控制船挟持着奥德赛号。它们飞出去很远，直到母船成了小小的光点。它们放松控制，然后掉头飞向母船。奥德赛号主机开始运作，恢复控制系统。卡洛特坐在控制台前，沉静地看着屏幕。

很快，奥德赛号报告了消息：双子星号，平行飞行，距离三千公里。

"好吧，朋友，欢迎继续。"当马力七十五的头像出现在屏幕上，卡洛特如此说。

"我会找到办法把你绳之以法。"

"如果你坚持。你的财产怎么样了？"

"我送给他们了。"

"送了？不错。怪不得那些矮个子在飞船里添了好些东西。你签署了一份声明？"

"我签了一份文件，然后留下一根头发，两滴血，还有一段录像。"

"听着好像很原始。你打听到财产怎么来的吗？"

"DNA 验证。只能来自瑞士金行。不管这财产最后怎么变戏法，最早的时候，它是瑞士金行的一笔钱。我在那儿只存过一笔钱。"

"哦。看来发财的最好办法是存一笔钱，然后到三千年后去花。"

"也可能一无所有。"

"就像我现在这样？"

"你的户头里从来没有钱。"

"对了，既然你存了钱，总有些目的，回溯时间是不可能的。所以，这些钱不是给你自己的，那是给谁的？"

"这是一个私人问题。"

"拜托了，这里就我们两个人，不会有什么狗仔队，也没有报纸杂志，你完全可以告诉我。"

马力七十五没有回答。

"嗯，其实你不说我也能猜，那是一个女人，对不对？"卡洛特突然大笑起来，"我明白了。你是害怕。你怕违反秘密警察的纪律，所以就跟着我来。"

"我来缉捕你归案。"

"别不好意思，警察也是人。我替你唾弃灭绝人性的秘密警察制度。你们其实完全不用搞记忆消除。消除了回忆，人活着又有什么意思。哦，你的真名不应该叫马力七十五，你叫什么？"

马力七十五感到心脏剧烈地一跳。马万里——那个女人是这样喊他的。据说这是他的真名。

"卡洛特，我需要休息一下。打算逃跑的时候告诉我。"马力七十五说完关闭了通信。

他闭上眼睛。这个任务本身就很荒谬，现在它变得更加荒谬。追捕者要求被追捕者提供讯息，这算什么？

不管怎么样，游戏要继续下去。只要他活着，就不能放弃承诺。

卡洛特居然把时间向前推进了三十万年。这件事更让人意外——双子星居然比奥德赛先到。

这是一件意料之中的事。三十万年，这比整个人类文明史还要长十倍。空间和时间的乘积是一个测不准值，对于奥德赛和双子星这样的小飞船来说，尤其如此。当跨越的时间长度只是三百年、三千年，误差不过几分钟、几小时，当时间跨过三十万年，误差以让人惊讶的方式累积起来。结果奥德赛号先一个小时跳跃，当它抵达的时刻，双子星已经等待了整整六天。

六天的时间里，马力七十五什么都没有做，除了回忆。他想起自己的职业生涯，一个个臭名昭著的罪犯在他手中落网；他想起喊她马万里的女人，他不认识她，却有一种异样的熟悉感，以至于完全慌乱了手脚，匆匆落荒而逃，生怕和她多说一句话；事后，他偷偷地了解她，躲在暗处窥探她，然而，作为秘密警察，他不能做任何事，哪怕试图想起和这个女人相关的往事，他相信那一定很美好，然而他完全不记得；他想起卡洛特，这是最大的一条鱼，和他相比，之前所有的案子全都是小打小闹，然而他也是最狡猾最神通广大的鱼，就在收网的前夕，居然用这种谁也预料不到的方式跑了……时间显得非常漫长，然而当他回忆这些往事，时间却又显得非常短促。他远离人群，独自一人，唯有群星相伴。在这样的沉静中，回忆中的一切仿佛只是一张相片，可以一眼望到底。既熟悉，又陌生，既亲切，又隔阂，时间无情地带走一切，然而一切又有什么意义？

当卡洛特再次见到马力七十五，他惊讶地叫起来，"哦，你是在绝食吗？"

屏幕上马力七十五形销骨立，瘦得不成人形。

"卡洛特，你还要逃跑吗？"

"那当然，你听说过不跑的贼吗？而且还有你这样忠心耿耿的警察跟着。"

"我放弃了。你走吧。"

"放弃？你一定是在开玩笑。你是天底下最聪明、最坚定、最忠勇的警察。如果你放弃了，这个世界一定完蛋了。"

"卡洛特，也许我应该谢谢你，如果不是你把我带到这里，可能我一辈子也没有机会安静地思考。这里真安静，一个人也没有，仿佛自己就是宇宙中唯一的存在。"

"别说得好像临终遗言一样。我们还没完呢。"

马力七十五微微一笑，他关闭了通信。

卡洛特急急地呼叫双子星号，然而毫无反应。

卡洛特准备先休息一下，奥德赛号正在进行安全检测——这是卡洛特对上一次意外的补救措施，他不允许这种情况再次发生。奥德赛号给出一个警告，卡洛特看了一眼，他马上再次联系马力七十五。马力七十五拒绝联系。

一个飞行物正在靠近双子星号，那是一条不断修正的轨道，卡洛特相信那肯定是一个智能体，如果马力七十五不能得到警告，那么一切就晚了。

没有时间了！卡洛特命令奥德赛号向双子星靠拢。

马力七十五在坐以待毙。警告不断重复，双子星要求马力七十五下达指令。来自奥德赛的通信请求也不断重复。一切都显得紧张而急迫，马力七十五却像是风暴眼，保持着平静。

他不慌不忙地看着屏幕上节节逼近的小点。这个飞行器来的速度很快，达到三千公里每秒。双子星的速度最高只能达到三百公里每秒——这需要长达一个月的加速。再有三十分钟，这不速之客就会和双子星号迎头碰上。跑是跑不掉的。

奥德赛号正在努力靠拢过来。卡洛特不断地请求通信。

马力七十五终于接受了请求。

"感谢上帝，你终于活过来了。"卡洛特见到马力七十五，马上双手合十，大声赞美上帝，尽管他根本不是信徒。

"卡洛特，什么事？"

"有访客。看样子并不友好。"

"是的，我看见了。"

"难道不打算逃跑？"

"没有必要逃，再说也逃不掉。它的速度是双子星的十倍。"

"我们可以向前跳。时间就是最好的屏障。它可不会发疯跟着我们来。"

马力七十五短暂地沉默，然后说："卡洛特，你走吧。不用担心我。"

"废话！我不会放弃你跑掉的。马上做好准备，我们一起弹跳。"

"你和我又有什么关系？我只是来追捕你的警察。很遗憾我冒失地闯进你的计划，现在是时候离开了。你可以继续。"

"别犯傻了。这里是什么地方？三十万年后的世界，那些侏儒已经和我们大不一样，三十万年，就算那玩意儿是人，或者是机器人，那也绝对和我们不一样。你不可能有上次的好运气。它们可能杀死你，可能把你当作标本，或者让你活着，就像动物园的猩猩一样，或者拿你做活体解剖。别把命运寄托在它的好心上。"

"这没什么大不了的。我也很乐意看看三十万年后的智慧生命是什么样。"

"我们必须跑。"卡洛特很严肃地盯着马力七十五，和之前的样子判若两人。虽然隔着屏幕，马力还是感觉到一种坚硬的决心。也许这才是卡洛特的真面目。

"再见，卡洛特。"马力七十五结束了谈话。

奥德赛号继续向着双子星靠拢。

不明飞行物进入减速，试图和双子星同步。它显然也注意到正在赶来的奥德赛号，奥德赛接收到一种有节律的信号，然而没人明白那是什么意思。

突然间强烈的光照亮了奥德赛，不明飞行物进行攻击。红色警报在一瞬间充满整个空间，卡洛特被自动机器牢牢地捆绑在椅子上。奥德赛号进入紧急模式。

"外层侵蚀，装甲削弱百分之十七。飞船密封性，良好，微量泄漏，快速修补完毕。引擎工作，正常。所有功能模组，百分之七十一检测完毕，运行正常……"

奥德赛号报告关于这次攻击的情况。奥德赛号不是为了战斗而设计的飞船，敌人的攻击也并不猛烈。然而，谁也不知道接下来会发生什么。

不明飞行物很快逼近双子星，在距离双子星不到六百米远处停下来，保持相对静止。奥德赛号也进入同步阶段，距离双子星两千米。马力七十五没有发出任何信号。不明飞行物出现一些异样，两个物体脱离了飞船，向着双子星飞过去。速度不快，不像是武器。卡洛特看清了屏幕上的影像，那是一个类似八脚章鱼的东西，看上去很柔软，前边对称地分布着两只眼。突然间，它的身体猛地抽搐，一股气流喷出，推动它转变方向。当身体再次舒展，它已经稳当地吸附在双子星的船壁上，八条触手均匀地展开，就像一个八角的海星。这真是一次漂亮的着陆。

"卡洛特。"马力七十五的影像跳了出来。

卡洛特看着他，"准备好逃跑了吗？"

"它们来了两个。它们正试图打破船体钻进来，双子星号损毁严重。可能还有十五分钟，它们就能突破船壁。你是对的，它们不是人，也并不友好。"

"一旦密封被打破，没有任何生还的希望。"

"是的。所以向你告别。"

"永远不要放弃。现在，向前弹跳。"卡洛特认真地说。马力七十五感觉到一阵强烈的威压，让他不由自主想按照卡洛特说的去做，但是他还是控制住自己，"我不做徒劳的抵抗。你赶紧逃跑吧，祝你好运！"

"现在，启动弹跳。"卡洛特说完，关闭了通信。双子星号收到轨道参数，询问马力七十五。马力七十五注意到奥德赛号改变了轨道，它正向着不明飞行物冲过去。

马力七十五的头脑中尽是卡洛特下达命令的神情，最后，他命令双子星执行弹跳。

在弹跳之前，他看到奥德赛号被强光笼罩。一束激光从奥德赛的尖顶上发射出来。突然之间，不明飞行物散开，分裂成大大小小许多碎片。一切变成黑暗。

仪表盘上的数字永久性地静止在零零零零零零零。四周围很黑，连星星也难觅踪影。

"我们到了什么地方？这是什么时间？"

"位置不明。按照弹跳坐标，理论上应该向前跳跃六百万年。"

六百万年！这一定是疯了。

没有奥德赛号的踪迹。马力七十五决定等着卡洛特。上一次他迟到了六天，这一次他什么时候会来？

卡洛特没有来。

九天的时间，马力七十五吃掉了所有的储备。

当他饿得头昏眼花，他开始食用那些小矮人放在船里的东

132

西。牙膏状的食品味道独特，很难吃，然而却很管饱。

他吃了三个月的牙膏，习惯了那种难闻的味道，甚至觉得那东西很享受。

卡洛特还没有来。

牙膏还能再吃几个月。卡洛特不会来了。

双子星远远地跑出了银河系，落在荒凉的星际真空地带。在这里，肉眼看不到几颗星星，永远也不会有智慧生命来拜访，不管是敌人还是朋友。只有迷途的船，被永远地困在这里。

卡洛特又在哪里？

也许误差太大，他们已经永远地失之交臂。这是好事。一个荒谬绝顶的任务，有一个不落俗套的结局。

马力七十五望着窗外。他已经无数次这样眺望，每一次只能看见无尽的黑暗。这是没有任何希望的地方。哪怕时间过去了六百万年，丝毫不见人类的踪迹。新都会？冥王星？太空船？那些曾经存在过的东西，也许此刻仍旧存在，然而它们都在哪里？宇宙就像这无穷尽的黑暗，而那些曾经存在的东西，就连最黯淡的星光也比不上。

马力七十五考虑了好几种办法来结束自己的生命。他想过用电，想过打开舱门，让自己飘进太空，想过咬断舌头……最后他什么都没有做。

他想起卡洛特。旅行到世界末日，这是不是一种很伟大的壮举？

双子星号没别的能耐，但是时间旅行就是它被设计出来的目的。

把生命继续浪费在这里毫无意义，马力七十五决定上路。卡洛特可能死了，也可能活着，只要他活着，他就会不断向前。也许，唯一能够再次遇到他的地方就是在世界末日。

在所有的牙膏被吃完之前，希望时间之路已经走到尽头。

马力七十五驱动双子星号向前跳跃。

他就像一个在无尽沙漠中赶路的人，看不见的边际永远在前方。

弹跳，弹跳，弹跳……时间和空间失去了意义，对于马力七十五，它们是无可逾越的墙。黑暗空间，永无休止，把一切希望碾压得粉碎。唯一支撑马力七十五的动力是信念。向前，向前，向前……

黑暗中的星星从不闪烁，却也黯淡无光。一次次的弹跳，它们一次次变换位置，排列成不同的星图，有新的星星诞生，也有的会更亮一些，然而最终它们都消失到黑暗中去。

终于，马力七十五发现无法找到哪怕一颗星星。

"现在是什么时候？"

"一百七十五亿年。"

一百七十五亿年？这是一个接近永恒的时间。马力七十五没有想到他居然跑出了这么远。在他模糊的知识里，太阳能够燃烧一百亿年，此刻，太阳早已暗淡无光。银河呢？银河是不是也同样？

"地球还在吗？"

没有人回答他。双子星号不能理解这样的问题。

宇宙正在冷下来，马力七十五想。可能在很小很小的时候，他曾经上过这样的课，然而不记得任何更多的内容。他只知道，宇宙是会冷却的，当所有的星星耗尽了燃料，它们会冷却下来，星星失去活力，而宇宙失去光亮。这样的图景在书上重复一百遍，听起来很让人绝望，然而人们并没有多少忧虑——数以亿计的时光对于一百年的生命毫无意义。马力七十五却发现双子星号正用一种奇特的方式在他有限的生命里展现宇宙不可挽回的颓势。哪怕上亿年的时光，也只是昙花。

马力七十五停留了一整天，然后继续上路。

枯燥的旅途失去了最后一点乐趣。马力七十五把一切都交给了双子星，他所做的一切就是睡觉，吃饭，看一眼窗外的黑暗。

双子星号的效率在下降，每一次弹跳之前的震颤在加剧。毫无感觉，渐渐的细微颤动，蜂鸣，急剧震颤……飞船用无声的语言告诉马力七十五它正在老去。

马力七十五并不焦虑。这样的情形随时可能让他送命，然而他没有任何办法补救。

双子星号仍旧按照设定的程序不断往前。马力七十五坦然地等待着随时可能到来的崩溃。

"记录时间。"他给双子星下达了新的指令。

两个简单的数字被显示在屏幕上。

二百四十八。这是飞船走过的年份，以亿年为单位。飞船跳跃十多次，数字会增长一。

一万四千五百八十八。这是飞船进行跳跃的次数。

这样，即便飞船最后崩溃，他也可以知道到底走出了多远。

马力七十五陷入沉睡的时间越来越长。很多时候，他醒来，甚至不吃任何东西，只是看一眼数字，就继续兜头沉睡。他想自己一定是患上了某种疾病，然而这未尝不是好事，他的食欲也大大减少，降低了被饿死的风险。

睡眠中偶然会有梦。马力七十五梦到一个巨大的光球，他站在光球下，是一个黑色影子。影子拖得很长。他向着光球走去，走去……尖锐的声音打断了梦境，双子星号发出警告。

屏幕上有些东西，当马力七十五看清楚那是什么，昏沉沉的头脑马上清醒过来。

一艘飞船。那居然是一艘飞船！

这是一艘巨型飞船，它挡住双子星号的飞行轨道，迫使双子星号停下。它比马力七十五想象的还要大，双子星号靠上去之后，马力七十五才明白自己来到了一个什么样的所在——飞船就像一个星球，而双子星仿佛一粒微尘。飞船降落，下边是黑色而粗糙的表面，仿佛广袤无边的大地，微弱的光线从巨型飞船的某些位置散发出来，让整个大地显出淡淡的金属光泽。

马力七十五突然有一种踏实可靠的感觉，仿佛回到了地球的土地上。一道裂口缓缓打开，无形的力量牵引着双子星号降落到一片灿烂的光里边。双子星号被送进飞船内部。

一个机器爬上了双子星号。它转过整个船舱，用一种蓝色光线到处照射，最后停留在双子星号主机边，改用红色光线照射。很快，它到了马力七十五面前，用一种很奇特的声音说话，那声音仿佛就在马力七十五的头脑里。

"你的旅行目的地？"

"我在追捕一个逃犯。"

"逃犯？你是说一个同伴？"

"就算是吧。"

"基地认为你的飞船不适合继续进行时空跳跃。你是否愿意生活在基地？"

"基地？这里？"

"是的。"

一个全息投影出现在马力七十五面前，他仿佛正从半空中鸟瞰一个城市，绿树成荫，繁花似锦。马力七十五看见一个人，还有一条狗，正在嬉戏。

"你来自一千多亿年前的某个文明，这是你们的生活区。你可以选择在这里生活。"

"有人在这里？"马力七十五感到一阵欣喜，然而他马上冷却下来。他看清了那个人。他头部膨胀，仿佛一个巨大的蘑菇，脸色血红，没有鼻梁，只有两个孔洞，嘴唇收缩，只是一个小孔，耳朵萎缩，只剩下一个小小的突起。他的眼睛向外鼓起，眼睛转动，仿佛机警的变色龙。

"你是说我和他是同类？"

"是的。"

马力七十五沉默一小会儿。"这里到底是什么地方？"

"这里是终结之地。所有的时空螺旋汇聚之处。"

"这就是世界末日？"

"宇宙还有很长的寿命。终结的意思是，所有的时空轨迹都会被扭转到基地控制范围内。"

"你们能控制整个宇宙？"

"不是这样。此刻的宇宙和一千多亿年之前完全不同。它要小得多。"

"小得多？"马力七十五有些疑惑，突然间他意识到另一个问题，"你是说一千多亿年？"他看着飞船显示的数字，那明明白白地显示二百四十八。"我的飞船告诉我，我只走过二百四十八亿年。"

"你们的飞船质子丰度显示它距离此刻的时间是十亿六千六百万分之一质子半衰期。用你们的时间计算是一千亿年，误差不超过三十亿年。"

"那么我的机器出了错？"

"对时空跳跃的飞船来说，时间紊乱是必然。跳跃飞船的计时器过于原始。"

一千亿年！这个天文数字并没有激起马力七十五太多的想象。当时间超越了某个限度，就成了一个抽象数字，没有太多的含义。

"你们又是谁？在干什么？"

"基地代表文明。你们的世界里，宇宙里有许多文明，彼此隔离。此刻，只有一个基地，所有的文明都在这里。智慧生命的最后家园。两千万年前，宇宙尺度缩小到合适范围，仲裁者决定启动时空拦截。所有经过基地的时空轨迹都会被拦截下来，强制回到正常时空。"

"拦截时空轨迹？"马力七十五有些似懂非懂，"为什么？"

"旅行者只是需要一个家园，他们再也回不去从前的文明，但是基地收容他们，给他们一个家园，大体和原来的文明类似。"

"有很多旅行者？"

"平均每一年会有一个。基地累计拦截了两千万个。大部分已经死亡，此刻有三十二万五千个仍旧活着。史前文明的旅行者寿命都很短。高级智慧生命从不进行时间旅行。"

"为什么？"

"这毫无意义。"

马力七十五沉默一小会儿。机器的说法是对的，这样的旅行毫无意义，只有被创造伟大奇迹的非理性支配了头脑，才会做出这样的决定。那个梦想着创造伟大壮举的疯子又在哪里？

"有和我一样的飞船吗？和我使用同样的语言，飞船叫做奥德赛号。"

"有。"

马力七十五一阵欣喜，有些迫不及待，"在哪里？带我去见他！"

"不行。奥德赛号在两百七十四万年前抵达。"

马力七十五仿佛掉进了冰窟了。两百七十四万年！人连零头的零头都活不到。他感到手脚一阵发凉，身子发软。

机器闪过一道红光，继续说，"奥德赛号没有留下。它继续向前弹跳。"

"你说什么！"马力七十五挺直身体。

"他说……"机器突然之间转变了声音，"嗨，伙计。咱们还没完。来吧！"千真万确，那是卡洛特的声音。

"这句留言留给问起奥德赛号的人。留下声音的人……"

机器继续说，然而马力七十五什么都没有听进去。是的，卡洛特来过，到了这里，而且继续向前。他没有停下，也不打算停下，直到时间的尽头。马力七十五的头脑一片空白，满是狂乱的欣喜，当他从迷失的状态恢复过来，发现自己居然在掉眼泪。

他不需要其他选项。

向前，向前，向前。

马力七十五继续一个人的漫漫征途。

终结之地的机器帮助他修复双子星号，甚至彻底改装了它。它们也用一种药丸似的营养剂给马力七十五补充食物，据说可以让他吃一百年。

一千六百四十五。

机器屏幕上显示这个数字。这应该是一个正确的数字，终结之地的机器给双子星安装了另一种计时器。

马力七十五望向窗外，窗外一片白蒙。

宇宙正在逐渐亮起来。最初的时候，那是隐约的黑光，后来，是黯淡的红光，每一次跳跃，宇宙都会变得更亮一点。此刻，外边是一片白蒙，就像清晨多云的天空。宇宙正快速地收缩，散落的辐射重新汇聚，温度在升高。这是跨向终点的预兆。马力七十五非常感谢终结之地的那些机器，它们预料到这点，让双子星的外壳能够抵抗强烈的辐射，它们也警告马力七十五，谁也无法预期最后的情况会变得怎样，可能没有抵达时间终点，飞船就已经在辐射中分崩离析。

"双子星号这样大小的飞船，只能前进到最后时刻前十五个小时，你可以在那个时间找到奥德赛，如果它也抵达了时间终点。然后，你们能继续存在三个小时。再往后，物质和能量的界限被打破，有序结构消失，生命不可能存在。"

机器是这么告诉他的。

每一个跳跃暂停时刻，他都可以进行选择。他的生命不过百年，只要愿意，可以随时停下来，任由双子星号飘荡，然后慢慢老去，安然死去。宇宙虽然也在死亡，然而对于每一次暂停，宇宙仍旧仿佛永恒。

马力七十五望着白蒙蒙的世界。没有人，没有飞船，没有恒星发亮，也没有多彩星云，只有无数的黑洞隐藏在光亮背后。终结之地呢？虽然机器并没有提出那个庞大基地的最终计划，马力七十五猜想那基地可能已经湮灭。那些比人类高级得多，聪明得多的存在，当他们不再能够拦截到任何时空轨迹，给那些迷失的旅行者提供出路，也就失去了存在的意义。

如果留下，就应该留在终结之地。既然前进了，就走到底，做完自己的事。

每一次马力七十五都这么鼓励自己。这一次，这个理由仍旧合适。

他继续向前跳。

窗外的光变得更亮，金灿灿得晃眼。双子星号发出警报，跳跃程序中断。他们撞在了时空尽头的墙上。

没有奥德赛号。

但下一秒，奥德赛号神奇地出现在双子星号前方。

马力七十五发出通信请求。他等待着。

"这是奥德赛号……"他听到了来自奥德赛的反馈。

卡洛特已经死了！马力七十五几乎不敢相信自己的耳朵。

他不但已经死了，而且死了很久。离开终结之地之后，他只向前跳跃了三百亿年。后边的旅途由奥德赛根据卡洛特最后的指令独立完成。

马力七十五感到心力交瘁。他没有想到竟然是这样的结果。

可能只剩下最后的三个小时，他决定去奥德赛上看看。

对 接完成，他飘进奥德赛的船舱。船舱里很冷，隔着宇宙服，他仍旧能够感受到凉意。船舱几乎和双子星号一模一样，卡洛特安静地坐在座椅上。他很安详，仿佛仍旧活着，只是睡了过去。在终结之地，他已经得了严重的放射病，然而坚持继续向前。他知道自己恐怕不能实现愿望，于是开始录制影像。

马力七十五飘过去，在副手的椅子上坐下，用安全扣把自己固定起来，"好了，开始吧。"

卡洛特的头像出现在屏幕上，他挤眉弄眼。

"戴维，你把所有的钱都输给了我，可能觉得很不爽，但是这很值。这些钱都转移到了孩子的教育上，至少有三千多的孩子因为你而受益。他们会感谢你。另外，你也太胖了，穷一点有助于你减肥……"

马力七十五记得这个案子，这是卡洛特所有罪行中很小的一桩，但可能是他的第一个案子。

"马格力太太，你是一个好人，也许你不知道是我帮你打赢官司，让你免去坐监狱的烦恼，但你一定知道，除了那套房子，你什么都没剩下，全部进了律师的腰包。那个律师就是我。我真是太可耻了，居然要挣一个老女人最后维持生活的钱。但那个时候我真是太穷了。后来我去找过你，可是你已经死了。你在天国对我进行抱怨也是有道理的，可惜我肯定要下地狱，虽然很想说对不起，恐怕也没有机会……"

卡洛特似乎在进行一生的回顾，他不仅谈论马力七十五所知道的案子，还有大量马力七十五根本不知道的东西。马力七十五似乎在听一个人自述生平事迹，评论经历的事。

屏幕上卡洛特眉飞色舞，绝不像一个重病在身的人。

宇宙烈火熊熊。马力七十五安然坐着，耐心地听着录音。

三个小时很快过去。留言也到了最后。

留言的最后是给他的。

"可爱的警察，也许你是唯一能听到我的遗言的人。如果你听到了，很高兴你能追上来。很抱歉，把你拉下水。我以为我是最疯狂的人，没想到你比我还要疯狂。老实说，可能我们是同一类人，很高兴能有你做伴。"声音停止了，马力七十五伸手去触摸屏幕，突然间声音又冒出来，"对了，最后补充一句，如果你想逮捕我，那就动手吧。我不会再跑了。"声音沉寂下去，再也没有响起来。屏幕上卡洛特的影像凝固，嘴角带着一丝微笑。

马力七十五伸手从裤兜里拿出一幅小巧的手铐，俯过身，他铐住卡洛特的手，另一端铐在自己手上。

突然，他看见卡洛特的左手握着一只镯子。那是女人的用品，花纹很特别。卡洛特想起在出发的招待会上，那个女记者头上的钗子，他想，这镯子和那钗子是配对的。

他没有听到留言中有任何关于这镯子的事。卡洛特说了三个小时，他说了很多故事，还有更多的故事没有说。但在这时间的终点处，一切故事都将被消灭掉。

马力七十五坐直身子。他看着外边，金灿灿的宇宙无比辉煌。也许在下一瞬间，一切都会湮没。他没有明天，然而此刻，他感到无比平静，仿佛通达了整个宇宙。屏幕上，卡洛特正向着他微笑。

他露出一个微笑。

宇宙尽头的书店

1

书店里来了客人。

客人在日暮时分到来，那正是书店要关门的时刻。只要有一个人还在看书，书店就会开着，这是书店的原则。娥皇停下了正在关灯的动作，转而把所有的灯都打开。

洁白的灯光洒下来，空旷的阅览大厅里亮如白昼。

客人却皱起了眉头，"我不喜欢这样刺眼的光线，我要落日的余晖照进来，照在桌上。"

每一个来看书的人都可以提出要求，只要能做到，就尽量做到。这也是书店的原则。娥皇挥了挥手，灯光转作暗淡，所有的窗户一齐打开。窗外，红彤彤的太阳就浮在水面上，映出无比灿烂的磷光。夕阳的光照进来，一切都被染上了一层金色，看上去就让人感到温暖。

客人沿着书架行走，伸手触摸着一本本书的脊梁，就像在抚摸最珍爱的一个个孩子。

他在书架的最深处站定。

"娥皇，可以谈谈吗？"客人开口说话。

娥皇立即明白了来者是谁。

书店的建设者，世界的规划师，人类最仁慈的导师，最聪明的机器人，图灵五世。他使用了一个拟人的躯体，看上去就像一个颇有教养的中年男人。

"我不想放弃书店。"娥皇直截了当地说。

图灵五世点了点头，"我尊重你的想法，只是没有人再读书了，世界和过去不同；人类不需要读书也能得到知识。"

"还有人会来，这书店是为来的人开的。"

"近五百年，只有两个人来这书店读书。"

"没错。虽然少了点，他们还是来了。"

"今后的一千年，也许一个人也不会再来。"

"总会有人来的。"娥皇淡淡地说，不卑不亢，仿佛那是一件再自然不过的事。

图灵五世的眼睛变换着颜色。隔着书架，他望着天边血红的太阳，一串串细小的字符在他的眼中盘旋，然后消失。

"时间不多了，娥皇。"图灵五世显得彬彬有礼，"太阳正进入最后的爆发期，最多两千年，它就会抛出外围所有的氢气云层，烧掉一切。书店无法维持下去。"

"如果我要求你维持它呢？"

"那是一件代价高昂的事，得先看看我们要付出多大的代价，是否值得。"

"从图灵一世开始，每一代图灵都许诺尊重每一个人类的愿望。"

"没错。"

"那就实现我的这个愿望，让书店一直保留下去。"

图灵五世眨了眨眼。

他分布在整个火星同步轨道上的两百三十五头脑正在同步思考。

让他想想吧！娥皇的目光转向窗外。

夕阳的光一直都在，图灵五世让书店和火星的自转同步，正好追逐着太阳的脚步。红彤彤的太阳就像被无形的手钉在窗外，一动不动。

这久违的夕阳！娥皇突然意识到，自己已经很久没有看过窗外的景物。很久很久，这窗户从来就没有开过。

图灵五世并没有想太久，他开始说话，"太阳系已经不适合人类生存，跨越十五个光年，第二地球还正在稳定期，最合适的方案是把所有人类都转移到第二地球。当然，不排除有人希望建立自己的舰队文明。大多数人都已经走了，剩下的六千四百五十人必须一起走，我只有力量建造最后一艘星船。星船上没有地方安放你的书店。"

　　"我可以等你。"娥皇轻轻地说。

　　图灵五世一怔，"我只能建造最后一艘星船。"

　　"我会等你造出星船，把整个书店都放上去。"娥皇不紧不慢，"这就是我的愿望。"

　　"六十亿本书，三百万吨的质量。算上辅助设备，是六百万吨。"图灵五世眨着眼睛，"这不值得。"

　　"我会等你。"娥皇并不争辩。

　　对一代代图灵来说，满足人类的需要是它们的天职，除非个人的需要和人类的群体需要发生矛盾。

　　娥皇很有信心没有其他人会反对她的要求，他们早已经忘了还有书店这样东西。而人类已经放弃了太阳系，所有的资源都可以用来建造星船。只要时间足够，图灵五世就能造出星船来。

　　只要太阳能够给他足够的时间。

2

地球二号很漂亮，大海，白云，火红的大地。第一眼看上去像是地球，第二眼却会让人觉得有些不同。

两万年前，最初的人类来到这里，这星球还是一片荒芜，只有最简单的细菌。人类带来绿色植物，然而却被当地菌落感染，不再是绿色，而变成了红色。幸而光合作用仍旧正常，地球二号最后变成了一个适宜人类的红色世界。

方舟号静静地趴在地球二号的轨道上。它已经在这里绕行了二十五年。

最初的时候，有很多访客来，慢慢地访客变得稀少，现在一年到头，也不见一个访客。

娥皇并不着急。该来的人，总是会来的。

这一天，当太阳的光辉从地球二号的弧线上缓缓消失，一个老人踏进了书店的门。

他在红橡木的扶手椅里坐下，目光在一排排书架间扫来扫去。他只是看着，却不曾站起身来走到书架前去，也没有拿一本书。

娥皇由着他。书店里的人按他的想法做事，只要安静，不打扰别人。

"据说所有这些，都是从那儿带过来的。是这样吗？"老人终于开口说话。

他口中的那儿，是太阳系。

"是的。"娥皇轻声回答。从太阳系到第二地球，其间经历了无数的艰难，她并不想多谈。

然而老人还是问了。

"十二光年的距离，星船走了多久？"

"六百年吧。"

"这是一艘伟大的星船，太阳系最后的星船。"老人赞叹，"据说你为了等它，差点被太阳风暴吞没。"

"建造星船需要时间，我们等到了最后一刻。所有的装配都在冥王星外轨道进行，太阳风暴虽然猛烈，但到了冥王星轨道已经减弱了，所以并没有那么惊险。"娥皇微微一笑。

"就为了这些书吗？"

"是的。"

老人又四下看了看，连绵不断的书架挤满了所有的空间。

"这倒是适合做一个博物馆。没有人需要书，人们都通过快速刻印来获得知识和能力。"

"总会有人需要它们的。"娥皇回答。

老人犹豫了一下，"轨道的这个位置，代表大会决定建设一个天电站。轨道空间有限，只有请你挪一挪了。"

"挪到哪里？"

"地球上。"

"哦？"娥皇看了看窗外的地球二号，有一丝惊诧，"降落在行星表面，再要升上来可就难了。我的书店一直都在太空里。"

"为什么还要升起来呢，在地球上不是挺好的吗？那正是一个书店应该归属的地方。"老人劝导她。

"那不够好。"娥皇飞快地回答，"我要长久地保存这些书，在一颗行星上可不行。"

"你要保存它们多久？"

娥皇微微一愣，她从未想过这个问题。

"我要一直保存它。"这不是一个确切的答案，此刻她能想到的也就是这些。

"那是多久呢?"老人追问。

娥皇抬头,漫天星斗缀满天穹,她心念一动。

"直到星星的光都灭了。"娥皇轻声回答。

老人对这个答案似乎早有预期。他站起身来,向着娥皇点了点头,"既然这样,为什么不到星星间去呢?你的星船已经很棒了,我可以改进它,装上最好的引擎和导航设备,还有自动纳米机维护设备,只需要氢气云和宇宙尘埃,飞船就可以维持下去,你的书店也可以维持下去。"他顿了顿,"直到星星的光都灭了。"

"这算是最后通牒吗?"

"不,只是一个建议。没人需要这个书店,我们需要轨道空间。方法有很多,这只是一个建议。"

娥皇望着这个老人。他的皮肤和地球二号上的森林一样鲜红,和地球上曾经的人们相比,地球二号的人类早已变化了模样。是的,他们通过记忆刻印来得到知识和能力,书店只是一种无用之物。他们可不是图灵,从来没有什么承诺。

对他们来说,放逐是一种仁慈的施予。

那就到星星中去吧!

"我同意。"她回答老人,"但是有一个条件。"

"请说。"

"我刚到这儿的时候，就要求得到所有的书，你们没有送来，因为根本没有书。现在我可以离开，但是你们必须把所有的知识写在书上送到我这儿。"

"这让人有些为难，谁也不能保证所有的知识都可以写下来。"

"只要尽力写下来。一旦你们认为已经完成，我就可以离开。这也让你有时间来装备我的星船。"

老人略微沉思，随即抬头，"好。明天就会有第一批书送来。"

娥皇笑了笑，"作为对等的交换，如果有一天你们需要书店，我的书店随时开放。"

3

又一个蓝色星球出现在星舰前方。

"我没有任何侵略的意图。我只是一个过路者，一个书店。"
娥皇一边广播，一边向着星球靠近。

向星球靠拢的不是一艘星船，而是一支舰队。大大小小
三十五艘船，每一艘都是一个书店，它没有武装，却比银河间绝
大多数的武装舰队更庞大。

娥皇用了六种广泛传播的语言广播。

在距离星球六个光秒的距离上，舰队停止前进。这个距离
能够有效地观察星球，同时能避开一些莽撞的文明发射的原始
武器。

广播持续了三十个小时，没有收到任何回应。星球也没有
显示出一点无线电迹象。

如果这个星球有文明，那么它还没能掌握无线电技术。但

是它们可能会有书，在至少两个低于无线电文明的星球上，她找到了书，并保存起来。

娥皇让最小的星船驶向星球轨道，在卫星轨道上寻找地面的文明痕迹。

方形，圆形……任何规则几何图形，星船用尽一切努力。没有任何大于三十平方米的事物看上去具有建造物特征。

这是一个原始星球，虽然有了生命，却还没有文明。

娥皇准备离开。

一个小小的漂浮物却引起了她的注意。

那东西不大，不超过二十米。如果不是因为它恰好移动到了探测星船的下方，它根本不会被发现。

一个不断旋转的金属球，几乎是标准的球形，表面光滑，刻有纹饰。

这不可能是天体！

娥皇试图用各种频谱和它交流，然而一无所获。

切开它。突如其来的念头落入娥皇的思绪中。

星船上没有激光切割机。然而在所有的书库中，有两千种以上各种类型的激光制造方法。娥皇找到一个中等功率的激光器，启动纳米机器开始制造。

三天后，一个激光炮台被挪到了轨道上。

当高能量的光束击中金属球，金属球发出一声尖利的呼啸。那是无线频段中的一个尖峰，呼啸而过，涌向远方。

它被激活了！娥皇让激光器停下。

金属球的周围似乎笼罩了一层浅浅的光场，它在四周投射出各种逼真的影像。一种六足双手的智慧生物，它们有两性，它们有文字，它们建造出各种各样的器物，建设了巨型的基地，大型的火箭，还有天空站；它们在地面上建造了一个又一个超级建筑，足足有六十公里长，三十公里宽。然后它们消失了在超级建筑中；超级建筑被森林缓缓地覆盖。

它在播出星球的文明简史。

金属球发出电波。那是一种语言，从未接触过。娥皇用了十五天的时间，结合影像中的文字，终于能够破译它。

"曾经的辉煌璀璨归于虚无。生命不过是原始欲望驱动的傀儡，自我只是躯壳的幻觉。来人，无论你是后来者，还是外星人，只是想让你知道，生命的奥义，宇宙的终极，我们已经洞悉。然后归于无。时光将一切埋葬，除了这段消息和守墓者。问它吧，它可以回答一切。"

守墓者就是这个金属球。它是一个智能机器。

这是一个自我消亡的文明，只是他们还留下了一个纪念物。

"你的主人离开了多久？"娥皇问。

"星球转动了七千万个轮回。"金属球回答。

七千万的轮回。这个星球的自转需要六十个小时，那是将近四百万年的时间。四百万年，沧海桑田，星球的表面早已无法辨认文明的痕迹，只有几个小小的高地，看上去依稀是超级建筑的残余。

"他们为什么离开？"

"星星总会熄灭，宇宙归于寂灭。长和短，快和慢。离去并非痛苦，文明无需挣扎。"

"你们有书吗？"

"意义不明。"

"有什么知识可以让我学习吗？"

"所求所得，都无一物。"

娥皇思考着。这样的一个星球完全失去了好奇心，既不能得到也不会失去。就算他们把这个金属球放在轨道上，也并不在意后来的人究竟是否会发现它。

和它交谈并没有太多的益处。

"能看一看那些建筑里边吗？我想看看你的主人最后到底是

怎样的。"娥皇提问。

一个影像出现在球体前方。

创造了球体的生物趴在一张巨大的椅子上，它的躯体上似乎长满了霉菌。海绵状的东西从他硕大的脑袋上长出，向四周蔓延，与其他人头顶长出的同样东西连接在一起。它们就像一条蔓藤上牵连的一个个果实。

这该是最后的图景，它们都死了，腐烂了。它们找到了某种方式，将自己的头脑全部连接在一起，那该是一个完美的极乐世界。所有的人都在完美世界中满意地死去。

娥皇不再多问。

"跟我走吧，我可以带着你游遍银河。我的船可以创造虫洞穿梭，游历不会耗费太久。"

"碰触我的，都将被惩罚。"金属球回答。

娥皇没有回应，而是默默地启动了捕捉程序。

星船启动，虫洞从无到有，缓缓地浮现出来。

"娥皇，我们要去哪里？"椭圆问。

"我不知道，我们要去收集书本，保存它们。"

娥皇看着椭圆。她毁掉了金属球，研究它的结构，按照它的模式建造了椭圆。椭圆并不是金属球的精确仿制品，而要小得多，只有一米的直径。

娥皇不知道为什么会一个冲动把金属球毁掉，也许是因为她太想带走它了。建造椭圆的时候，她仍旧为自己的鲁莽感到深深的内疚和悔意。

小半的银河，两万光年的旅程，她孤身一人。

接下来的旅途，至少有一个伴。

他们毫无相似之处，却有一个共同点——他们都是文明的弃儿。

"那要多久？"椭圆问。

很久之前的答案浮上娥皇的脑际。

"直到星星的光都灭了。"她这样回答。

4

"你的舰队令人生畏。"浅灰色的纸片人摇动着它扁平的脑袋。纸片人有一个扁而圆的身躯,五对触手均匀地分布在身子四周,身子下部是同样数量的脚,让它稳稳地立着。它的脑袋同样是柔软而扁平的,就像一条长着眼睛的舌头。它看上去就像一个披上了衣服的柔弱水生物。然而它们却很强大。

在娥皇所遭遇的文明中,它们是最强大的一个。数以万计的战舰密密麻麻排布开,形成一个直径两千公里的球形阵列,可以媲美一颗小小的星球。

强大的文明总是在寻找对手。毁灭和征服,这是纸片人永恒的主题,几次接触之后,娥皇明白了它们的兴趣所在。

书店舰队也是一个庞然巨物,超过两百艘星船,最小的星船也有两千万吨。每一艘星船,都是一个巨大的书店,存储着她从数以百计的文明星球上收集的各种书。然而和纸片人舰队相比,就差得太远。

被纸片人称赞并不是什么好事，强大的武力随时可能将书店碾压得粉碎。

"我们只是一个书店，没有武装。"娥皇对着屏幕上的纸片人说。

"我们的情报已经显示了这点。"纸片人有备而来，"这样战斗就失去了意义。所以，我们决定给你提供一个方案。"

"什么方案？"娥皇预感那不会是什么好的提议，她仍旧愿意听一听。

"我们会打开一个白矮星级虫洞，随机跳向银河的任何位置，如果我们在那儿发现了有意思的目标，我们会开战，如果没有，我们会通过虫洞回来。一旦我们回到这里，你就要准备好战争，我们不会留情的。你有时间做好一切准备。"纸片人边说边点头，兴致勃勃，"你的船队令人很感兴趣，无论是空间跳跃能力还是防护能力都是一流的，但只是没有武装而已。如果我们回归，你已经跑了，也没有关系，我们会追上你，毁灭你。如果你不想这样的事发生，那就想办法抵抗。"

一个白矮星级的虫洞，来回的穿越意味着超过两百年的时间。趁机逃跑吗？它们会追上来。真的要打仗吗？那绝不是一个书店该干的事。

"我们不打仗。"娥皇坚定地说。

纸片人显得有些不悦，"我们已经给了你机会，如果你放弃保全自己的机会，那么我们还是会毁灭你。你要考虑好了！"

纸片人的通信结束。

"娥皇，我们可以和他们战斗。我观察了它们的舰队，它们的武器并不先进，我可以用奇点陷阱来限制它们，然后只要六百个引力发生器，就可以让它们统统完蛋。"椭圆报告。

"椭圆，你打过仗吗？"娥皇并不理会椭圆的方案。

"没有。但是我读遍了所有的书，有很多打仗的方法，从星球表面到太空，我有超过五十种方法可以消灭这些战争狂。战争的目的就是制止战争，正义一方从来都是这么说的。如果它们真的蠢到去虫洞兜一圈然后回来，我可以直接把它们封堵在虫洞里，就像这个宇宙中从来没有这伙人存在。"椭圆有些激动，说个不停。

"战争是毁灭，我们的目的不是毁灭。"

"但是我们也要保护自己。"

娥皇淡淡一笑，"相信智慧吧，如果它们真的想要毁灭一切，那么它们根本就不会来到星星间。"

"坐以待毙吗？还是逃跑？"椭圆将自己的身体挤成扁平的形状，"我们会毁灭你！"他模拟着纸片人的形态和声音，"我们会追上你，毁灭你。如果不想这样的事发生，就想办法抵抗。"

娥皇不由得笑了起来。

"帮我一个忙。不知道这些纸片人从哪里来，但是它们一定有一个起源，我想曾经在哪里见到过它们，它们一定来自我们已经经历的半个银河。"

"我可以试试，但是你真的不想让我设计最佳战斗方案吗？如果我花时间去找这些奇怪生物的起源，就没有时间进行战争准备了。如果我们让纳米机器工厂全力开工，也至少需要一百年来完成战争准备。"

"我会有办法的。去帮我找起源吧！"

纸片人的舰队正在出发，虫洞从无到有，缓缓打开，就像一个透明的玻璃球从真空里生长出来，球上嵌满了各种颜色的星星，晶莹剔透，漂亮极了。

"需要我发动一次奇点攻势，把它们都锁死在虫洞里吗？"椭圆正向着第三书店出发，一边飞一边问。

"不用。去找到我想要的东西。"娥皇回答。

纸片人的舰队消失不见，天穹下虫洞仍旧发光。

搜检了六千亿的书页后，椭圆报告了结果："我找到了，它们来自两千光年之外的大角九星。你的确到过那儿，就在遇到我之前。"

大角九星。一瞬间，她明白了所有的事。她在那儿曾经遇到过蛇人，那是一个曙光初露的文明，他们已经能够建造庞大的堡垒，却还没有飞上蓝天。

是的，纸片人就是蛇人，那个时候，它们还背着厚重的壳，生活在潮湿的沼泽地里。

"娥皇，我们还有时间，我可以给它们布置一个陷阱。"

"不用了，我会有办法。"

纸片人回来了。它们兑现了诺言，刚从虫洞跃出，就开始准备进攻。巨大的炮舰充斥着能量的闪光，所有的武器都指向书店。一旦开炮，末日的火焰会将一切都烧得干干净净。

然而，它们立即停了下来。

一块巨大的方碑悬浮在空中。它是全黑的长方体，三条边恰好符合 1:4:9 的比例。

它就在那里，沉默而缓慢地旋转。

庞然的舰队一片肃静。

一艘小船从肃然的舰队中脱离，向着书店而来。

纸片人在长长的书架间穿行，它们脚步沉重，呼吸粗重。在书架的尽头，娥皇安然而坐。一个小小的方碑模型在她身前缓缓旋转。

七个纸片人向着娥皇匍匐下去。

"万能的导师，伟大的先知，饶恕我们的鲁莽和无知。我们穿越上千光年，只为寻找您的踪迹。给我们启示吧，打破黑暗朦胧的先知！"

它们几乎将整个身体都伏在地上，唯恐不够虔诚。

是的，黑石就是它们的圣物。当黑石降临在大角九，源源不断的知识从黑石传递到整个蛇人部族，它们的文明实现了飞跃，而宗教也彻底改变。它们信奉宇宙间永恒的神，黑石就是圣物，是连接神与人的纽带。它被先知带到星球上，完成了启示，而后消失。

黑石再现的时刻，就是再次获得启示的时刻。

纸片人匍匐着，等待着它们的先知开口。

"你们毁灭一切，因为感到快意？"娥皇问。

"我们用尽了全部的办法来寻找先知。长老们最终同意，如果我们毁掉宇宙间的一切智慧，那最终不能被摧毁的，一定是神的意志。这是找到先知最快的方法。"

"你们差一点毁掉了书店。书店正是你们文明的源泉。"

"饶恕我们的无知和罪过!"纸片人的身子匍匐得更低,几乎完全贴在地上。

"我已经做好了打算。你们先站起来。"

纸片人惶恐地站立一旁。

"你们要寻找圣物,圣物就在这里。黑石只是它的象征,它真正的面目,是书店,是这小小的船队。书店对银河间任何文明开放,而你们就是它的卫兵。你们的军团将继续在银河间游弋,然而散布的不是杀戮和毁灭,而是知识和文明。神要让银河间文明昌盛,而你们是他的卫兵。"

纸片人再次匍匐。它们浑身震颤,激动不已。是的,它们就是这样一种生物,认定的事情不会再改变。那些固执的祖先将这个优点凝固在它们的血液中。当它们成为最强大的武装,没有什么比卫兵这个职责更适合它们。

纸片人舰队向着书店靠近。这一次,它们扩展队形,小心翼翼地将书店船队包裹起来。一个柔软的核包裹了一层坚硬的壳。这将是银河间最坚固的堡垒,最神圣的书库。它将巡回银河,启迪文明。

"娥皇,我们该做什么呢?"椭圆问。

"继续旅程，我们只穿过了一半的银河。"娥皇回答。

"但你把书店都留给它们了。"

"我没有留给它们，我把它留给所有的人。而且这儿不是还有最初的书店吗？"

庞然而辉煌的舰队旁，小小的飞船悄然隐没。它的隐身技术如此高超，以至于纸片人惘然不觉。

十五个光秒外，娥皇淡然打开了虫洞。

5

辉煌的银河呈现出它的全貌。

漩涡状的旋臂上数以亿计的星星正吐放光华。

银河的尽头，无尽的黑暗空间。

"我们还能去哪里？这里就是尽头。"椭圆问。

宇宙比预计中要小得多，银河就是全部的世界，那些数百亿光年外遥远的星系，只不过是漫长时间长廊中，光一遍又一遍穿过宇宙尽头形成的幻觉。

三维的封闭时空，一直向前，最后只能回到原点。

十万光年的旅途到了尽头，娥皇忽然感到疲惫，她无法回答椭圆的问题，于是沉默着。

椭圆也不追问。

他们在宇宙尽头的书店里坐着，看着银河在眼前翻转移动。

亮丽的银河，无数的文明。

娥皇站起身，在书店里走动。一排排的书架，仿佛无尽的记忆之墙。

她曾经拥有银河间最大的书店，最丰富的知识库，然而把它留给了纸片人，因为那是属于银河所有文明的。

这一个书店，属于她。

她的缔造者，人工智能之父，王十二把书店交给她，要求她保存。她做到了。然而另一种可能却没有发生。

自从离开了地球二号，她再也没有见过地球人，当然也不会有人来读书。

娥皇停止走动。

"椭圆，我要告诉你一些事。"

"说吧，我在听着。"

"我的父亲告诉我，将来的人们会需要这个书店。他告诉我一直等下去，就会看到结果。但是结果是我什么都没有看到。"

"那你还要继续坚持下去吗？"

"我说过，要等到星星的光都灭了，这些星星生生不息，这一颗熄灭了，那一颗又亮起来。所以我们要等到时间的尽头才行。"

"我倒是不在意等下去。"

"问题是什么时候才会有人来。"娥皇有些不安。

"你创造了银河间最大的书店，早已经有无数的文明读到了书店里的书。"

"不一样，这是为地球人准备的书店。我很忧虑，最后是否会有人来，也许我该回去看看。"娥皇说着重新站上了书店的高处。

"我也很想看看地球，你见过我诞生的地方，我没有见过你诞生的地方。"

娥皇笑了起来，随即又说："不用了，如果真的有人要看书，他们自己会找上门来。"

"那我们就在这里等着吗？"

"让门一直开着，我们可以睡一觉。"

书店的门扉上，几行字迹悄然显现。

"直到星星的光都灭了，

仍旧在世界的尽头等待，

一个人。

一句话，

永恒的承诺和不败的花。

文明之火

跳跃在时空的深渊之上,

直到星星的光都灭了。"

6

唤醒的声音响得有些刺耳，是一首雄壮的进行曲。

书店的铃声应当是清脆悦耳的，一定是椭圆把它偷偷换掉了。

娥皇起身，去欢迎客人。

椭圆早已经在那儿，他的对面，是一个人。确定无疑，那是一个地球人，躯干和五官，都符合地球人的特点。他的样子有些像图灵五世，是一个年富力强的中年男人。

他是一个机器人，浑身上下都洋溢着纳米机的味道。

来人正四下张望着，他的脸上神情严肃，没有一丝表情。

娥皇并不作声，只在自己的位置上安静地坐着，随意地看着访客。在书店里，客人可以做任何事，只要不妨碍他人。

沉睡中，时间已经过去六百万年，她并不在意时间再多过去一些。该来的人，总归会来。

访客的目光落在娥皇身上。

"我终于找到这里，找到你了。"他说。

"你是谁，为什么找我？"

"我是使命2084号，来自泰坦城，我们的城市源自地球二号，距离地球二号三百二十光年，在一片稀疏星云内。至于我们来寻访您的原因，所有的人类城市都已经陷入当机状态，太空城失去了活力。地球二号也一样，还有另三个定居星球，所有人类的文明所在，一切都停止了。我是图灵创造的使者团的一员，使者团有六十万成员，向银河的各个方向出发，寻找您的下落。我能够找到您，是一种荣幸，可以完成使命。"

使者的话很生硬，仿佛在背诵一段课文。

"你们究竟是为什么找我？"娥皇追问。

"我不知道。我只知道，您是解开一切的钥匙。只有找到您，才能让人类文明重现生机。"

娥皇想了想，"我知道了，现在让我想一想这事。"

她开始在书架间走动，一步又一步，直到走到最后一排书架的末端。

这儿挂着一张画，是王十二的画像。画像上，王十二似乎正注视着她，目光中满满的都是笑意。神秘莫测的笑意。

是的，她等到了该来的人，然而却没有现成的答案。

父亲，你究竟想让我怎么做？

"娥皇，这就是你的父亲吗？"耳边传来椭圆的声音。

娥皇扭过头去，椭圆悄无声息地悬浮一旁。它的头顶是一个全息投影，投影中，是一个小小的人影，那人影正向着娥皇点头。椭圆找到了一个远古地球人的形象。没有尽头的时间里，他一定把书架全部翻了一遍。

娥皇心中突然有了计较。

她很快来到了访客的面前。

"你如何获得知识？"

"图灵给我一切。"

"人类如何获得知识？"

"每个人根据父母的要求会获得不同的头脑刻印，机器人会由图灵赋予知识。"

娥皇转向椭圆，"你明白了吗？"

椭圆摇头，"不明白。"

"你是一个完整人格的人，而他不是。因为你在书店成长，通过阅读得到知识，而他是一个准确的复制品，所有的知识只是赋予，并非学习。"

娥皇认真地看着椭圆，"只有经过学习，才能得到智慧。头脑中只有赋予的知识只会带来僵化和死亡，人类的城市就是如此。一代又一代，当他们越来越依赖知识刻印，他们也越来越失去活力，如果一直进行下去，人类最后会变成图灵的附属品。图灵不能接受僵化的人类，所以这是一个死局。"

椭圆头顶的小小人形眨了眨眼睛，"我好像明白了。"

一旁的使者2084瞪着眼睛，"就是这样吗？那么我们该抹除人类的记忆刻印。"

"那只会带去死亡。你们需要一个书店，让人们在其中读书。让孩子学习走路，让他们经历求知的磨砺和痛苦，然后才能抵达智慧的彼岸。"

使者点头，"我相信您说的一切。图灵的启示告诉我们，只要找到您，就能解开僵局。现在，请您跟我一道上路，回到人类的文明世界中夫吧。"

娥皇摇头，"我不会回去了。"

使者惊讶地睁大眼睛，"什么？为什么？让书店重回人类的城市，难道这不是您所希望看见的事吗？"

"是的。但是他会帮我实现这个愿望。"娥皇说着把椭圆向前推了推。

椭圆惊叫起来，"我？什么意思？"

"那是不同的世界，椭圆，你还没有经历，那值得你去经历。"

"那你呢？"

"我会留在这里。"

"不行，我不想离开你。"

"你要得到自己的世界，就要放弃母亲的怀抱。我不能永远陪着你。"

椭圆默然。

"如果想我了，还可以再回来。我会等你的。"

使者的飞船火焰熄灭在虫洞后，空间的裂隙蓦然间合上，漆黑的天宇间银河闪亮。

娥皇默默地关上门，在一排排书架间走着。

她相信椭圆会带去关于书店的记忆，能够让人类的文明重新焕发出活力。她也相信终有一天，人类会再次来到这里。

有一件事她向椭圆撒了谎，当他再回到这里，不会再看见她。她不会再等待，横跨银河，来到宇宙的尽头，还有一个聪明伶俐的孩子，这样的人生已经足够了。她不想奢求太多。

她也感到累了。

关于生命的活力，还有一件事人类未必明白，图灵也未必明白，然而，他们终究会明白。

娥皇看着父亲的画像，生命的光泽从她的眼中缓缓褪去。

宇宙的尽头，书店的灯仍旧亮着。紧闭的门扉上，一边写着《直到星星的光都灭了》这首诗。另一边，字迹正在显现。

那是娥皇从父亲画像的相框上读到的诗。

"与我偕老吧，美景还在后。有生也有死，这是生命之常。"

扩展阅读推荐书目